Erzähl mir was von Liebe …

Roman

Impressum:

Texte: © Copyright by Carina Posch
Bild: © Shutterstock_107602370
Lektorat: Media-Agentur Gaby Hoffmann,
www.profi-lektorat.com
Satz: Carina Posch, Indesign CC 2015

Alle Rechte vorbehalten.
Urheberrechtlich geschütztes Material.

Veröffentlichung: November 2015
2. Auflage: Februar 2017

Mehr über die Autorin finden Sie unter:
writtenbycp.com und www.carinaposch.com
facebook.com/writtenbycp
instagram.com/writtenbycp

Carina Posch ist 1991 in Hartberg geboren. Schon als Kind und Jugendliche schrieb sie gerne Geschichten, diese Leidenschaft blieb bis heute.

Ihr Debütroman „Erzähl mir was von Liebe ..." erschien im Dezember 2015. Im Frühjahr 2017 erscheint ihr zweites Buch „Den ganzen Weg entlang".

Die Geschichte:

Rachel und Liam sind füreinander bestimmt, das weiß jeder – außer dem Schicksal. Das hat zunächst anderes mit ihnen vor. Rachel kehrt ihrem Dorf den Rücken, wird Mutter und beginnt an der Seite ihres Mannes ein neues Leben in New York. Liam hingegen liebt und lebt das einfache Leben in Irland. Zwei Welten trennen die beiden für sehr lange Zeit. Die Jahre vergehen, das Leben passiert … 20 Jahre vergebliches Ringen nach Glück verstreichen, bis sie wieder zueinander finden werden. Ist es zu spät für ihre Liebe?

Herstellung und Verlag:
BoD - Books on Demand, Norderstedt
ISBN 978-3-7392-1770-3

Im Jahr 2009

Während ich darüber nachdachte, ob es ein Tag war, der mein Leben zum Einsturz brachte, oder das Leben, welches ich führte, bemerkte ich zum ersten Mal die Stille in meinem Leben: Kein Geräusch, kein Ton lenkten mich von meinen Gedanken ab. Und da sah ich mein Leben – mein ganzes Leben. Ich musste weinen, mir 20 Jahre Ehe von der Seele weinen. Wie viel Wein ich dabei getrunken hatte, weiß ich nicht mehr, es waren Flaschen, verteilt auf Tage. Mit den Gedanken, nicht alles wieder sofort zu verwerfen und einfach hier am Boden meines Badezimmers liegen zu bleiben. Jetzt war ich bereit, zu leben.
Wollen wir beginnen, als mein Leben zerbrach oder als es begann ...

Kapitel 1

Sommer 1988

Ich war so jung, so naiv und brannte so wahnsinnig darauf, das Leben zu entdecken. Auf der einen selben Straße, welche in das Dorf führte, ging ich schon mein ganzes Leben. Es stand außer Frage, dass die Landschaft, die diesen Ort prägte, wunderschön war. Sie inspirierte sicher den einen oder anderen Schriftsteller zu sagenhaften Gedichten und so manch einen Maler dazu, die Landschaft auf einer Leinwand festzuhalten. Mich bewegte sie lediglich dazu, dieses Dorf auf schnellstem Wege zu verlassen.

An jedem anderen Tag ging ich zur Arbeit, heute lief ich. Heute, heute war mein letzter Tag, endlich hatte ich genug Geld zusammengespart, um mir einen lang gehegten Traum zu erfüllen.

In dem Pub kellnerte ich schon seit Ewigkeiten. Hier war der Ort, an dem ich mein Geld verdiente und gleichzeitig ein klein wenig erwachsen geworden war. Und um Ewigkeiten in einem genauen Zeitraum auszudrücken: Es waren genau fünf Jahre und acht Tage. Einer der Gründe, warum ich bereits neben meiner Schulausbildung hart schuftete, war, dass die Haushaltskasse meiner Eltern dies verlangte. Mein Plan war es gewesen, bis zu meinem Schulabschluss zu kellnern und danach sprichwörtlich das Geschirrtuch zu werfen. Das war vor etwa vier Jahren. Diesen Februar pustete ich 23 jämmerliche Kerzen auf meiner Geburtstagstorte aus und fragte mich: Was mache ich

hier eigentlich noch?
Eigentlich wollte ich doch mit einem Rucksack umherziehen, meine Geschichten schreiben. Und vor allem dem Dorf endlich den Rücken kehren. Mein Leben beginnen lassen. Eigentlich.

Der gewohnte Geruch beim Betreten des Pubs war eine Mischung aus kaltem Rauch und verschütteten Getränken. Nicht gerade eine angenehme Duftmischung, aber eine vertraute.
„Hey Jimmy, ich bin hier. Wo ist das Wechselgeld?"
Wenn ich das Pub mit einem Wort beschreiben müsste, dann wäre es „irisch". Ja, es ist wirklich so, ein gutes Pub gehört in Irland dazu, wie das Wasser in Venedig. Rückblickend hatte ich auch großen Spaß im Pub. Die guten Bands, die an den Abenden bei den Gästen für Unterhaltung sorgten, unterhielten auch mich. Mit guter Musik in den Ohren war es einfacher, zu arbeiten, und es war vor allem leichter, die einfallslosen Anmachsprüche zu überhören.
„Unter der Spüle!"
„Dort habe ich schon nachgesehen, ist nicht hier."
„Was? Ach, wo hab' ich's denn hingelegt?!"
Jimmy war etwas vergesslich, er war ja auch schon ein wenig älter, um es höflich auszudrücken. Es war bemerkenswert, mit welch einer Hingabe er das Pub nach wie vor führte. Und das Geheimnis dahinter war wahrscheinlich, dass er es nicht als Arbeit ansah,

sondern als seine Leidenschaft. Schlichtweg, ich bewunderte ihn für seine Ausdauer, bei dem, was er gerne mochte. Er liebte seinen Job, er liebte es, die Gäste zu bewirten, und er liebte vor allem das irische Bier.
Während ich über Jimmy nachdachte, suchte ich weiter nach dem Wechselgeld, bis ich fündig wurde.
„Jimmy, ich hab's gefunden."
„Wo war's denn?"
„In der Kaffeedose. Du hast es schon wieder in die Kaffeedose gelegt."
Er kam aus der Küche, mit einem Geschirrtuch um die Schulter.
„Ach ja, was werde ich nur ohne dich machen?"
„Dein Wechselgeld nicht mehr in die Kaffeedose packen!"
„Ist es wirklich schon so weit?"
„Ja. Es ist an der Zeit."
Da blieb er vor mir stehen, legte das Geschirrtuch zur Seite und schenkte mir seine ganze Aufmerksamkeit.
„Wir werden dich vermissen."
Ich würde ihn auch vermissen, ich würde so einiges hier vermissen. Aber ich wollte das alles vermissen. Ich wollte, dass sich etwas änderte – und nicht bloß etwas, sondern mein ganzes Leben!

Es war 23 Uhr, mein Blick schweifte vom Zapfhahn in Richtung Tür, von der Tür Richtung Bühne und wieder zurück. In der Menge suchte mein Blick Liam.
Liam war mein bester Freund, die Art Freund, den ich

im Sandkasten kennengelernt und bis heute in mein Herz geschlossen hatte. Er war die einzige Person, die ich meinen Freund nennen konnte. Und mein absolutes Vorbild.

Schon früher traf ich mich für gewöhnlich nicht mit Altersgenossen oder besuchte Kindergeburtstage. Spielnachmittage waren nichts Erstrebenswertes für mich. Es erklärte sich von selbst, dass ich deshalb nicht viele Freunde hatte. Für die meisten war ich die Streberin, die hässlich aussah und in der ersten Reihe saß. Doch mir war es egal, mir reichte dieser eine Freund. Ihn, Liam, kümmerte es wenig, was andere von mir hielten. Er war es, der die Träume, die ich hatte, mit mir teilte. Auch er wollte reisen, die Welt kennenlernen und einmal erfolgreich in irgendetwas sein.

Unsere Freundschaft hielt, bis wir Teenager wurden. In der Zeit sahen wir uns nicht mehr so häufig.

Um dann, nach Jahren, festzustellen, dass die Zeit, in der wir uns nicht gesehen hatten, uns kein bisschen voneinander entfernt hatte. Sie erinnerte uns lediglich daran, dass unsere Freundschaft etwas Besonderes war. Da er zwei Jahre älter war, besaß er etwas Vorsprung. Er ging für ein Jahr nach Australien. Ironischerweise begann unser Kontakt genau wieder zu dieser Zeit, als er meilenweit von mir entfernt, in irgendeinem Outback, mit der Suche nach sich selbst beschäftigt war. Er schrieb mir jeden Tag, jeden einzelnen Tag! Manchmal verschickte er die Briefe doppelt, wenn der Postbote wieder einmal betrunken war oder die Zentrale nicht zuverlässig genug wirkte.

Die Briefe halfen mir, mein letztes Schuljahr zu überstehen. Es war nicht leicht, es war hart.
Erst, als er weg war, wurde mir bewusst, dass ich alleine war.
Endlich kam der Tag, an dem er zurückkehrte.
Wir verbrachten mehr Zeit denn je miteinander.
Anfang des Sommers 1988 hing ich meinen Job im Pub an den Nagel, zu diesem Zeitpunkt hatte ich keinen wirklichen Plan, was ich einmal werden sollte, jedoch einen Traum.
Liam hatte auch keinen Plan, aber im Vergleich zu mir, störte es ihn kein bisschen.
„Rachel, hör endlich auf dein Leben zu planen!"
„Was soll das heißen, natürlich muss man Pläne machen."
„Ja, aber du planst sogar, an welchem Wochentag du schwanger werden willst."
„Was?"
Ich boxte ihn gegen die Schulter. Natürlich plante ich nicht, an welchem Wochentag ich schwanger werden würde, lediglich die Jahreszeit. Er wollte mich andauernd davon überzeugen, etwas lockerer zu werden. Aber ich musste erwachsen denken und handeln. Ich wollte schließlich etwas erreichen.
„Liam, du spinnst doch, du tust ja so, als wäre ich hier der Freak."
„Genieß es doch einfach mal, lass locker!"
„Ich bin locker! Aber ich muss nicht von einem Bett in das nächste springen, um ‚locker' zu sein."
„Keine Ahnung, von wem du redest." Und da war es, sein verschmitztes Lächeln, wie ein kleiner Junge, der

wohl nie erwachsen werden würde.
Er genoss die Zeit, in der man von einem Tag zum anderen lebte, ohne genau zu wissen, was da draußen auf einen wartete. Ich konnte das nicht. Liam verdiente sein Geld nach der Rückkehr aus Australien auf dem Bauernhof seines Onkels; das reichte ihm. Ich bewunderte ihn für seinen Mut, für seine Leichtigkeit. Neben ihm zu stehen, gab einem das Gefühl, man könne alles schaffen. Er war die starke Schulter, die ich nur zu oft brauchte. Ich lernte viel von ihm, ich lernte, wie man eine Bierflasche mit einem Feuerzeug öffnete, wie man rauchte, ohne danach fast zu ersticken. Ich lernte, wie man Fische angelte, um sie am Ende wieder zurück ins Wasser zu werfen. Um eines klarzustellen: Wir waren nicht ineinander verliebt! Vielleicht klappte es deshalb so gut zwischen uns.
Es war nicht so, als wäre Liam kein Mann, in den man sich auf der Stelle verlieben könnte: Er war groß, schlank, hatte dunkle Haare, kurz gesagt, ein äußerst attraktiver junger Mann. Und das war das Problem, er wusste es, und jedes Mädchen im Dorf, das sich nach ihm verzehrte, wusste es.
Auch an diesen Abend kam er ins Pub und hatte wieder ein bildhübschen junges Mädchen an seiner Seite. Er winkte mir zur Begrüßung und marschierte mit seiner dunkelhaarigen Schönheit auf die Tanzfläche.

Zwei Stunden später kehrte ich die Bar sauber. Die meisten Gäste waren schon gegangen. Liam und das Mädchen waren noch hier. Sie unterhielten sich irgendwie ohne Worte.

Leider musste ich ihre traute Zweisamkeit unterbrechen.
„Liam, Liam!"
Er hob seine Hand und gab mir zu verstehen, dass er mich hörte, aber nicht hören wollte.
„Hey komm, Liam, wir sperren bald zu."
Er wollte mich mit einer Handbewegung verscheuchen, doch ich blieb standhaft.
„Ich meine es ernst, Liam, ihr müsst gehen."
Langsam löste er sich aus der Umarmung. „Rachel, mein Schatz, kennst du schon ..."
Eine lange peinliche Pause, in der das Mädchen und ich uns anstarrten.
Im nächsten Augenblick ergriff sie das Wort, da auch ihr klar wurde, dass er ihren Namen nicht mehr wusste: „Alice."
„Freut mich, aber ihr müsst jetzt wirklich gehen."
Alice nicke höflich und wollte ihn vom Barhocker ziehen, doch er blieb sitzen.
Während ich dabei war, die Stühle zurechtzurücken, wurde ich auf einmal von einem Knall unterbrochen. Und meine Augen sahen Liam: Liam am Boden neben dem Hocker.
„Also echt, das ist mir jetzt zu blöd!" Alice ergriff die Flucht.
Mit meinem Besen in der Hand und einem schelmischen Lächeln, trat ich auf ihn zu.
„Du bist echt ein Idiot, weißt du das?"
„Hilf mir mal auf, mein Arsch tut weh."
„Ich hoffe, er ist gebrochen." Und da wurde aus meinem Lächeln ein lautes Lachen.

„Hör auf, zu lachen, mir tut alles weh."
„Ich ..., ich find's einfach nur ..." Ich biss mir auf die Lippen, um den Satz zu vollenden. „Entschuldige Liam, es ist wahnsinnig tragisch."
„Haha, ist schon wieder gut, Rachel!"
Es sollte ernst klingen, aber auch er konnte sich ein Lächeln nur schwer verkneifen.
Ich bemühte mich, ernst zu bleiben. „Komm, ich helfe dir auf."
Ich reichte ihm meine Hand, um ihn zu stützen.
„Du bist echt ein gutes Mädchen." Er streichelte meinen Rücken.
„Und du bist ein böser Junge."
„Wo ist eigentlich Amanda?"
„Alice ist weg."
„Wieso?"
„Keine Ahnung, vielleicht hat ihr deine Show-Einlage nicht gefallen? Komm jetzt, ich bringe dich nach Hause."
Wir gingen zu seinem Wagen; ich startete den Motor seines alten blauen, verbeulten Fords – jedes Mal ein Glücksspiel, aber diesmal sprang er gleich beim ersten Mal an.
„Danke dass du mich nach Hause fährst, aber das musst du nicht. Du weißt, wie gut ich betrunken Auto fahre", lallte er und versuchte, sich dabei anzuschnallen.
„Nein, tust du nicht."
Ich bemühte mich, meine volle Aufmerksamkeit der Straße zu schenken und in der Dunkelheit mit einem Scheinwerfer etwas zu erkennen.
„Wann lässt du endlich den Scheinwerfer reparieren?

Ich sehe fast nichts."

„Soll ich fahren?" Er hob seine Hand dabei, als wären wir in der Schule und der Lehrer hätte eine Frage gestellt.

Mein Blick ließ ihn verstummen.

„Okay, dann mache ich jetzt etwas Musik für uns."

„Brauchst du nicht, verhalte dich einfach ruhig und versuche, nicht zu kotzen!"

Doch er schob schon die erste Kassette in den Wagen, regelte die Lautstärke nach oben und sang mit:

„We sit in the car outside your house you're quiet
I can feel the heat coming ,round
I go to put my arm around you …"

Das Armaturenbrett nutzte er als Trommel, gestikulierte dabei und schaute mich an, als hätte er den Song von Bruce Springsteen geschrieben. Er sang gut, selbst wenn er betrunken war, konnte man sein Talent nicht überhören.

Acht Fahrminuten später waren wir bei seinem Haus. Ich bugsierte ihn bis zu seiner Eingangstür. Den Weg vom Auto bis zur Eingangstür, es waren geschätzte acht Meter, stürzte er ganze drei Mal. Was für mich wiederum sehr unterhaltsam war. Er schaute irgendwie verloren aus, wie ein Welpe oder ein Fohlen, das noch nicht richtig gehen konnte.

Da drehte er sich noch einmal zu mir um. „Was würde ich nur ohne dich machen?"

„Weniger trinken?"

„Das scheint mir keine gute Alternative."

„Gute Nacht, Liam."

„Nacht, Schätzchen."

Er verneigte sich vor mir, dabei geriet er wieder ins Wanken, aber hielt der Schwerkraft diesmal stand.

Ich konnte nicht sofort einschlafen, die Uhr zeigte dass es bereits 3 Uhr morgens war. Also beschloss ich noch ein wenig zu lesen und holte meine „Amerika-Schachtel" unterm Bett hervor. In dieser Schachtel befanden sich ein Reiseführer, Zeitungsartikel, mein Reisepass und ein Fotoapparat. Von jetzt auf gleich war ich glücklich. Ich las im Reiseführer, bis meine Augen so müde wurden, dass sie sich schlossen. Am nächsten Tag weckte mich die Sonne aus meinem tiefen Schlaf.
Meine Mutter und Geschirr, mit dem geklimpert wurde, waren zu hören. Neugierde brachte mich dazu, mir die Hausschuhe anzuziehen und über die Treppen in Richtung Küche zu schlendern. Es war das gute Geschirr. Ich dachte nach, welcher Anlass meine Mutter dazu bewog, es hervorzuholen. Es hatte keiner Geburtstag, so viel stand fest.
„Guten Morgen, Rachel."
„Morgen."
Ich erblickte meinen Vater im Wintergarten, der gerade dabei war, die Zeitung zu lesen.
„Was ist denn los?"
Mein Blick wanderte weiter zum gedeckten Frühstückstisch, jetzt war ich nicht bloß verwundert, sondern irritiert. Es waren all die Lebensmittel auf dem Tisch, die wir uns lediglich an „wichtigen" Tagen leisten konnten.

„Mama? Hat irgendjemand Geburtstag, von dem ich nichts weiß?"

„Warte, bis dein Vater und deine Geschwister kommen! Wir haben gute Nachrichten."

Als ich das letzte Mal „gute Nachrichten" gehört hatte, bekam ich ein neues Geschwisterchen, es waren wahrlich keine guten Nachrichten. Nicht, dass ich meine Geschwister nicht geliebt hätte, aber wenn man alles durch fünf teilen musste und nicht einmal genug für einen da war, waren dies schlichtweg Nachrichten. Ich will nicht sagen, dass ich eine schlimme Kindheit hatte, nein, hatte ich wirklich nicht. Es war nur nicht die, auf die man als Kind hoffte.

Meine Geschwister, mein Vater und meine Mutter saßen nun allesamt am Tisch.

„Los, Charles, erzähl die gute Nachricht!"

„Wieso? Du kannst sie ja auch erzählen."

„Charles, muss man dir immer alles aus der Nase ziehen, mach schon!"

„Du weißt es doch auch, also sag du es!"

„Charles!"

„Also gut ..., ich war vorhin in der Stadt, im Kreisler Geschäft, und tja ..., da meinte Karl, dass er einen Job habe."

„Los rede weiter!", feuerte meine Mutter meinen Vater an.

„Für dich Rachel, du kannst als Kassiererin anfangen, für 40 Stunden die Woche, das ist nicht mal so schlecht bezahlt."

„Ist das nicht toll, Rachel? So eine sichere Arbeit, was für ein Glück du hast! Meine Güte, Rachel, hätte das

jemand je gedacht?"
Ich starrte in zwei Gesichter, die stolzer nicht sein könnten. Und ich, ich nahm erst mal einen großen Schluck Orangensaft, in der Hoffnung, danach würde mir eine Antwort auf die „tolle" Nachricht einfallen. Leider konnte ich in diesem Moment nicht auf schauspielerische Gaben zurückgreifen. Ich konnte meinen Gesichtsausdruck förmlich vor mir sehen. Freude war mit Sicherheit nicht zu entnehmen
„Freust du dich nicht? So eine tolle Arbeit!"
„Also wirklich, Rachel, du hast echtes Glück. Jeder hier im Dorf würde sich um so eine Stelle reißen."
„Ja, dein Vater hat recht. Du musst das so sehen, Lebensmittel werden immer gebraucht, somit hast du einen ziemlich sicheren Arbeitsplatz."
Dies war die logische Erklärung meiner Mutter, die mich wohl in Euphorie ausbrechen lassen sollte. Aber nein, nein, das war nicht das Leben, das ich führen wollte. Ich hatte Pläne, die weder mit Lebensmitteln noch mit diesem Dorf in einen Zusammenhang gebracht werden würden. Es war, als hätte man mir die Entscheidung für mein Leben abgenommen, dabei hatte ich nicht mal die geringste Chance, zu wählen.
Ich konnte nicht anders, ich musste ehrlich antworten.
„Ja, also ..., ich hatte schon an etwas anderes gedacht ..."
„Ach und an was, Fräulein?"
Ich blickte in Gesichter voller Entsetzen.
„Keine Ahnung, was anderes eben."
„Du Träumerin, das ist ein wirklich toller Job!"
Die Art, wie meine Mutter „toll" und „Job" betonte,

sollte mich wohl überzeugen, aber das tat es kein bisschen.

„Ihr wisst ja, ich gehe jetzt nach Amerika, da versuche ich, meine Bücher zu verkaufen. Irgendwie ..."

„Ach, jetzt hör auf mit deinen Träumereien! Das hier ist wirklich ein Traumjob, ein echter noch dazu."

„Du kannst ja nach Amerika gehen, aber du wirst schon sehen, die werden nicht auf dich warten."

Als sie es aussprach, wusste ich, es war nicht so hart gemeint, wie es sich anhörte, doch es saß.

Meine Geschwister starrten mich an, als säßen sie gerade mit einem Außerirdischen zu Tisch, ein Außerirdischer, der nicht wusste, wovon er sprach.

Ich stocherte weiter in meinem Essen, spähte verstohlen zu meinen Eltern, die wortlos und irgendwie wütend ihr Frühstück hinunterwürgten.

Währenddessen versuchte ich, meine Gedanken zu sortieren. War ich es, die sich total daneben benahm, oder meine Eltern? Hatte ich nicht das gute Recht, das Beste aus meinem Leben zu machen?

Und wenn für mich das Beste nicht der Tante Emma-Laden in der Stadt war, konnte man mir das wirklich vorwerfen?!

Seit ich denken konnte, freute ich mich auf den Moment, wenn mein Leben beginnen würde. Aus finanziellen Gründen mussten wir auf vieles verzichten. Somit war Reisen eine absolute Wunschvorstellung – ein Hirngespinst, das ich nicht einmal wagte, laut auszusprechen. Demnach betrachtete ich die Welt bloß in geliehenen Reiseführern aus der Stadtbibliothek. Aber ich war fest entschlossen, sobald ich mein eigenes Geld verdienen würde, würde ich reisen. Ich wollte weg, das Dorf in meinem Rückspiegel sehen: nach Indien, Australien, Amerika und Italien. Fremde Kulturen und Sprachen kennenlernen. In jedes Land, welches mir gefiel. Ich würde die Speisen, die mir bis dahin fremd waren, kosten. Ich würde Fotos an Orten machen, die so fern schienen, dass ich zu meinen glaubte, sie würden nicht zu dieser Welt gehören. Und später würde ich davon meinen Enkelkindern erzählen. Ich würde ihnen Geschichten von meinen Reisen und den damit verbundenen Erfahrungen nahebringen und sie ermutigen, die Welt auf ihre ganz eigene Art und Weise zu erforschen. Ja, das war mein Plan – weit weg von hier. Ich wollte nicht im Dorfladen verkümmern, während das Leben draußen auf mich wartete.

Doch an diesem Tisch verstand mich niemand. Und so stand ich als Erste auf, stellte meinen Teller in die Küche und ging wieder in mein Zimmer.
Ich las in meinen Geschichten und verbesserte die eine oder andere Textpassage. Meine Gedanken drehten sich noch um das Gespräch oder was auch immer das gewesen war. Etwas zerstreut, griff ich nach meiner Amerika-Schachtel, holte mein Ticket heraus und lächelte, woraufhin ich aufstand und meinen Koffer vom Kleiderschrank zog. Der Koffer war verstaubt und nicht gerade modern, aber es war mir egal. Vor etwa zwei Monaten hatte ich ihn auf einem Flohmarkt erstanden. Der erste Gedanke, als ich den Koffer entdeckt hatte, war, dass er perfekt für Amerika wäre. Einfach perfekt.

Ich packte meinen halben Kleiderschrank, meine besten Schuhe, meine Manuskripte und meine ganze Hoffnung in diesen einen perfekten Koffer, der nach Motten und Vergangenheit roch. Von dieser Reise hing mehr als nur eine Reise nach New York ab.
Es war die Hoffnung auf ein besseres Leben, nicht allein für mich, sondern für meine gesamte Familie.
Sie würden es mir eines Tages danken, das würden sie, davon war ich überzeugt.
Auch wenn sie kein Verständnis für meine Leidenschaft, das Schreiben, aufbringen konnten.
Deshalb erzählte ich es auch fast keinem. Anfangs wollte ich die Geschichten bloß für mich schreiben. Es war die einzige Möglichkeit für mich, zu bestimmen, wie das Leben spielte. Das gab mir irgendwie Halt und Kraft.

Liam las eines Tages, als ihn meine Mutter hereingelassen hatte und er in meinem Zimmer auf mich wartete, darin.
Mir war es unheimlich peinlich und unangenehm.
Doch er fand sie gut, ziemlich gut sogar. Er brachte mich auf die Idee, sie zu veröffentlichen. Ich hatte keine Ahnung, wie so etwas funktionieren würde, aber ich recherchierte in der Bibliothek und las die Werdegänge von anderen Schriftstellern. Und so kam eines zum anderen.

Es klopfte an der Tür. Ich schaute mich im Zimmer um, und überlegte kurz, ob ich nicht schnell alles wegräumen sollte, doch dann ließ ich es bleiben.

„Ja."
Mein Vater kam herein, schaute sich um, nahm den Reiseführer in die Hand und setzte sich damit wortlos auf das Bettende.
„Amerika hmm?"
„Ja."
„Deine Mutter hat es nicht so gemeint, was sie gesagt hat. Wahrscheinlich macht es ihr Angst, dass du so weit weg willst, ganz alleine."
„Aber ich muss das machen."
„Du möchtest nicht hier bleiben, bei deiner Familie und hier arbeiten?"
„Papa, verstehe mich bitte! Ich muss das machen."
Mein Vater war nicht der Mensch, der viel redete. Er wusste wahrscheinlich nicht, was er mit so einer Tochter anfangen sollte.
„Papa, es tut mir leid, dass ich keine einfache Tochter bin. Ich tue das nicht, um jemanden zu ärgern oder zu kränken. Ich bin mir auch ganz sicher: Wenn ich älter bin und mein Ding gemacht habe, werde ich wieder zurückkommen."
„Du bist großartig, so, wie du bist, deshalb wäre es einfach großartig, mein Mädchen hier zu haben."
Daraufhin starrte ich zu Boden und musste schlucken. Mein Vater hatte noch nie so etwas zu mir gesagt.
„Ich komme auch zurück, wenn es nicht klappt, und wahrscheinlich wird es nicht klappen."
Er stand auf und ging zur Tür, keine Ahnung was er nun dachte. Normalerweise führten wir solche Gespräche nicht. Wenn er mit mir redete, dann über Schafe und die Schafzucht, aber dass er zu mir gekommen und

nach mir gesehen hatte, das rechnete ich ihm hoch an.

Während ich weiter an meinen Geschichten schrieb, vergaß ich beinahe die Zeit. In einer guten halben Stunde war ich mit Liam verabredet. Ich hetzte ins Bad, kämmte meine langen dunkelblonden Haare, trug Mascara auf und dazu einen hellrosa Lippenstift. Heimlich, denn Make-up war ein absolutes Luxusgut in unserem Haus und durfte ausschließlich von meiner Mutter benutzt werden. Ein letzter Blick auf mein Outfit: Jeans mit einer weiten Bluse.
„Mama, Papa, ich bin mal weg."
Keine Antwort, ich hörte bloß den Fernseher und irgendeine Abendsendung, die laut durch die Räume hallte.
Fünfzehn Minuten später als verabredet, traf ich im Pub ein.
Er hatte bereits die Getränke für uns beide bestellt.
„Du wirst wohl nie pünktlich sein."
„Hi, Liam, freut mich, dich zu sehen."
Er schob einen ganzen Stapel Bücher von seiner rechten Seite zu meiner Seite.
„Hier deine Bücher, die du mir geliehen hast."
„Hast du sie alle gelesen?"
„Nein, nicht alle."
„Liam!"
„Ich will deine Geschichte lesen."
„Welche? Du hast schon eine von mir gelesen."

„Du weißt, welche."
„Die ist noch nicht fertig."
„Die wird wohl nie fertig sein oder?"
„Mal sehen."
Er schüttelte den Kopf und nahm einen Schluck von seinem Bier.
„Was ist los, Liam? Du bist heute so still."
„Wann fliegst du jetzt?"
„In drei Tagen."
„Und wieso nach Amerika? Geh nach London oder keine Ahnung ... Gibt es in Dublin keinen Verlag?"
„Liam, das hatten wir doch schon."
Ich kreuzte meine Arme vor der Brust. „Ich will meine Manuskripte den ganz großen Verlagen in New York zeigen, weil es New York ist."
„Ja, und hier gibt's keine Verlage, bei denen du deine Manuskripte vorlegen kannst?"
„Liam, es ist New York! Du kannst New York mit keinem anderen Platz der Welt vergleichen ..."
„Das will ich auch nicht, mir gefällt es hier."
„Seit wann?"
„Schon immer."
„Das kann nur jemand sagen, der schon einmal weg war."
„Mir gefällt es hier, wirklich, Rachel."
„Ja, aber irgendwann wirst auch du hier jedes Mädel durch haben, dann musst du dir ein neues Plätzchen suchen."
„Nein ..."
An der Stelle hätte ich mir zumindest ein Lachen oder einen Konter erwartet, doch er wurde ungewöhnlich

ernst. Der lockere Witz wurde heute von irgendetwas gebremst.

„Nein, Rachel, ich bleibe hier, weißt du, ich bleibe in Irland und kaufe mir einmal ein kleines Häuschen und hunderttausend Schafe."

„Das ist dein Traum, Liam? Schafe züchten?"

„Ja, Schafe sind toll."

„Ja, bestimmt." Mein Sarkasmus war nicht zu überhören.

Ich ließ nicht locker und bohrte erneut. „Aber was willst du in deinem Leben erreichen? Liam, ich meine es ernst, was willst du sein, wenn du, sagen wir mal, vierzig bist oder fünfzig, was willst du sagen können über dein Leben?"

„Ach Rachel, heute mal wieder sehr tiefsinnig, hmm?"

„Nein, Liam, ernsthaft. Was ist es, wofür du lebst, wofür du brennst?"

„Ach du kleine Schriftstellerin, du bekommst von mir keine gute Story, ich bin einfach gestrickt."

„Und ich bin keine Schriftstellerin, aber ich weiß, was ich einmal haben will, wenn ich alt bin."

„Und das wäre?"

„Ich möchte meine Geschichten in den Händen halten, irgendetwas hinterlassen, was bleibt. Was mir gehört, was ich gemacht habe. Na ja und eine Familie haben, eine Familie die einmal an einem großen Tisch sitzt und über gemeinsame Dinge spricht und eben eine glückliche Familie ist."

„Sehr tiefgründig, Rachel. Mein Plan klingt weniger dramatisch."

„Was? Klinge ich etwa dramatisch?"

„Ja, sehr melancholisch."
„Tja, was soll ich machen, ich kann nicht aus meiner Haut."
„Ja, wollen wir das nicht alle."
„Was?"
„Na, dass sich die Leute sich an uns erinnern, wenn man das Gras von unten sieht."
Danach wurden wir kurz still. Mein Blick wich nicht von ihm, während er auf sein Glas Whiskey starrte.
Nach etwa zwei Minuten brach es aus ihm heraus: „Glücklich sein! Mit der Frau an meiner Seite, die ich liebe, das reicht. Dabei natürlich unheimlich scharf aussehen."
„Was?"
„Du wolltest wissen, was ich will, wenn ich vierzig bin oder so. Mit der Liebe meines Lebens beisammen sein. Das ist die Antwort."
Wäre er nicht mein allerbester Freund, hätte ich mich sofort in ihn verliebt.
Es war das Schönste und Aufrichtigste, was ich je aus seinem Mund gehört hatte.
„Liam, wie romantisch! Viel Glück beim Finden!"
„Das habe ich vielleicht schon."
Unsere Blicke trafen sich; die Situation wurde ernst. Für einen klitzekleinen Moment dachte ich wirklich, er meinte mich.
Aber da gab er mir einen kleinen Hieb und setzte sein Zahnpastalächeln auf.
Verlegen nippte ich an meinem Bier. „Liam, ich hoffe für dich, du lädst mich zu deiner Hochzeit ein."
„Ja, kann sein, dass du dabei bist oder mir mein

Gelöbnis schreiben musst, du weißt ja, ich habe es nicht so mit Worten."

„Oh, ich weiß auch schon, was ich schreiben werde für dich: ‚Ich gelobe, dir ein guter Ehemann zu sein, oder ich versuche es zumindest. Ich werde nur mehr halb so vielen Frauen auf den Arsch sehen und wenn, dann werde ich dabei an dich denken …' Ja, so oder so ähnlich werde ich schreiben."

„Perfekt, Rachel, einfach grandios!"

„Hey so bin ich, Schätzchen."

An diesem Abend war ich das erste Mal richtig betrunken. Liam war weniger betrunken als ich, aber das war nicht gerade eine Kunst. Zwei Gläser Bier, drei Tequila und ich war fertig.

Irgendwann, als wir kein Geld mehr hatten, torkelten wir über einige Felder und Wiesen nach Hause. Es war ein lustiger Heimweg, wie es nur Betrunkene lustig finden. Wir stimmten alte irische Volkslieder ein und schunkelten nebeneinander her.

In der Scheune von seinem Onkel, nahe dem Gehweg, auf dem wir uns mehr oder weniger befanden, machten wir einen kleinen Halt. Langsam wurde es hell, man konnte den Sommermorgen riechen. Und ich, ich war nicht mehr ganz so betrunken. Während wir uns eine kleine Pause in der Heuscheune genehmigten, beobachteten wir den Sonnenaufgang.

„Also Kleines, in Amerika wirst du so etwas nicht sehen."

Ich schmiegte mich an seinen Körper und schaute der Sonne entgegen.

„Was? Sonne? Heu?"

„Nein, das hier. Das Grün, die Ruhe …"
Wie ein Fremdenführer zeigte er mit beiden Händen in alle Richtungen.
Ein abwertender Blick, mit hochgezogener Augenbraue, meinerseits. „Vielleicht will ich einfach mal etwas erleben."
Dabei winkte ich mit beiden Händen, sollte wohl Spaß signalisieren. „Und vielleicht will ich das alles hier einfach einmal vermissen."
„Du wirst mir fehlen, Kleine."
„Ich bin für zehn Tage weg, du tust ja so, als wäre es für ewig."
Er hielt mich fester im Arm, als würde seine Körpersprache verraten, er würde dies tatsächlich glauben.
„Du kommst also zurück?!"
„Die in Amerika wollen mich sowieso nicht …"
In seinen Armen zu liegen, fühlte sich gut an, sicher, behaglich. Hier könnte ich für immer bleiben, dachte ich. In diesem Moment begriff ich, dass ich gerade dabei war, Liam mit anderen Augen zu sehen.
Alles an ihm fand ich auf einmal anziehend: seine Lippen, seine dunklen Haare, die hellblauen Augen dazu und seine Muskeln – in denen ich mich weich wie Butter fühlte.
„Die in Amerika werden dich nicht gehen lassen, wenn sie sehen, wie perfekt du bist."
Wie perfekt ich bin? Innerlich sprach ich die gesagten Worte nach.
„Ich bin nicht perfekt!"
Und dann, dann sah er mich an, nahm mein Gesicht

in seine Hände und gab mir den perfektesten Kuss der Welt. Der Kuss war der Anfang, von dem, was geschehen würde.

An jenem Tag passierte mehr, als bloß ein Kuss unter Freunden. Während er mich küsste, streichelte er meinen Arm entlang.

Gänsehaut überkam mich; ich öffnete meine Augen, um mich zu vergewissern, dass ich nicht träumen würde. Und wenn ich träumen würde, wollte ich nie wieder wach werden.

Sein warmer Körper presste sich an meinen, und wir schliefen miteinander.

Für meinen Teil war es das erste Mal, und nebenbei bemerkt: Es war schön! Ich hätte mir keinen besseren Mann für das erste Mal vorstellen können. Vergleichsmöglichkeiten waren meinerseits nicht vorhanden, aber trotzdem stellte ich fest: Er war ein guter Liebhaber. Und als ich auf seiner Brust lag, ihn von der Seite betrachtete, glaubte ich für einen kleinen Moment wirklich, wir würden zusammen gehören.

Er streichelte über meinen nackten Rücken und gab mir einen Kuss auf die Stirn. Als wolle er meine Gedanken bestätigen.

Von jener Nacht an war nichts mehr wie zuvor.

Auf Zehenspitzen, mit den Schuhen in der Hand, schlich ich mich in mein Zimmer. Leise ließ ich die Tür ins Schloss fallen. Setzte mich erst mal auf das Bett. Es war hell geworden; ich schloss die Fensterbalken und konnte dennoch nicht schlafen.

Ich ging jede Sekunde des vergangenen Abends durch und wollte herausfinden, wann wir aufgehört hatten,

Freunde zu sein. War es der Alkohol gewesen, der uns dazu getrieben hatte, etwas zu tun, was wir vielleicht nicht hätten tun sollen? Ich wusste keine Antwort für das, was passiert war. Doch mir wurde in diesem Moment auch klar, dass es vielleicht alles zerstörte, was wir hatten.
Die Gefühle trieben mich fast in den Wahnsinn. Plötzlich fühlte ich mich wie eine Figur in meinem Roman, nur, dass ich diesmal nicht mächtig war, irgendetwas dagegen zu unternehmen.
Als ich aufwachte, konnte ich an nichts anderes mehr denken. Ich konnte nicht schlafen, ich konnte nicht essen.
Am nächsten Tag, als er mittags nicht anrief, ahnte ich etwas; später am Abend wurde es mir bewusst. Er ging nicht ans Telefon, und als seine Mutter Carla am Telefon war, musste sie für ihn lügen.
Ich stand neben mir, war das Liebe? Nein, ich wollte nicht glauben, dass man jemanden so behandelte, den man nur im Geringsten gern hatte. Ich wusste gar nichts mehr. Ich wusste bloß, ich würde bald nach Amerika gehen und hoffentlich reich und berühmt werden. Für die Liebe wollte ich keinen Platz mehr lassen.
Es überraschte mich wenig, dass sich Liam am nächsten Tag ebenfalls nicht meldete. Anfangs wartete ich noch neben dem Telefon und lauschte, ob die Telefonleitung in Ordnung war, doch er meldete sich nicht. Zwei ganze Tage, kein einziges Wort.
Er war unreif, verzogen, und ich hatte so richtig Lust, ihm die Meinung zu geigen. Am Abend wurde meine Wut so groß, dass ich meinen Stolz beiseiteschob

und ihn im Pub aufsuchte. Hinzu kam, dass mir fast keine Zeit mehr blieb. Morgen würde mein Flieger in die Staaten gehen. Also wollte ich ein für alle Mal Klarheit schaffen.

An diesem Abend war das Pub besonders voll; ich quetschte mich durch die Massen, um an das andere Ende der Kneipe zu gelangen.

Es waren wie gewöhnlich ein paar hübsche Mädels an seiner Seite. Liam erblickte mich und zwinkerte mir zu; er kam mir ein paar Schritte entgegen.

Bevor ich ihm meinen Standpunkt der Dinge auf eine klare Art und Weise schildern konnte, umarmte er mich und küsste mich auf die Wange. Ich war nicht überrascht, dass er den Versuch startete, sich nichts anmerken zu lassen. Aber ich war nicht bereit, ihm den Gefallen zu tun.

„Na Liam, an dich heranzukommen, ist ja fast so schwierig wie an die Queen."

Ich zerrte ihn ein paar Schritte weg, sodass wir zumindest halbwegs unter uns waren und seine neuen Spielgefährtinnen nichts davon mitbekamen.

„Was gibt's, Rachel?"

„Was es gibt, Liam, was es gibt?!" Ich schrie lauter, als nötig, ein Typ neben ihm drehte sich sogar um und fühlte sich für einen Moment angesprochen.

Da merkte auch Liam, dass die Situation ernst war.

„Ich fasse es nicht!"

„Rachel, wir waren betrunken! Sorry, dass ich nicht angerufen habe, aber ..."

„Aber was? Hattest du keine Zeit, um deine Freundin anzurufen? Hattest du so viel zu tun?"

„Ich kann das einfach nicht!"
„Was? Mich anrufen?"
„Nein, das alles hier. Was willst du von mir hören? Bin ich jetzt in einem scheiß Verhör?"
„Ich will genau das von dir hören, was du mir sagen willst."
„Ich weiß nicht, was du von mir willst, willst du hören, dass ich mit dir eine Beziehung will und …"
„Du kapierst es kein Stück, Liam."
„Was ist auf einmal los mit dir?"
„Was mit mir los ist? Es ist nicht irgendein Mädchen, mit dem du geschlafen hast, ich bin es, mit der du geschlafen hast! Ich bin es Rachel, deine ehemals beste Freundin."
Er wollte nach meiner Hand greifen, doch ich wich ihm aus. Seine Nähe war in diesem Augenblick einfach nur abstoßend.
Ich bereute den Moment, als ich beschlossen hatte, ihn in der Bar aufzusuchen.
„Du bist meine beste Freundin. Es ist doch alles gut so, wie es ist."
„Nichts ist mehr gut."
„Rachel, mein Leben ist momentan echt toll, ich möchte einfach keine feste Freundin."
Er wartete noch einen Moment, bevor er erneut versuchte, die Situation irgendwie zu retten. „Es ist alles gut, so wie es ist, oder?"
Jetzt sprach pure Wut aus mir. „Dann wünsch ich dir noch ein ganz tolles Leben!"
„Sei nicht kindisch, lass uns einfach ..."
Ich wandte mich ab und ging.

Doch er folgte mir, versuchte, mich an der Schulter festzuhalten.
„Lass mich los, Liam! Ich ..., ich kann das nicht, ich habe nun mal Gefühle und bin nicht so cool und abgebrüht wie deine Mädels."
„Ich will dich nicht verlieren, Rachel."
„Das hast du gerade getan."
Wie in Trance, verließ ich das Pub, ging alleine, wie so oft in meinem Leben, nach Hause.
Erst nach rund 800 Metern Fußmarsch, als ich mir sicher war, dass er mir nicht gefolgt war und auch sonst keine Menschenseele mich beobachten würde, brach ich in Tränen aus.
Mir schnürte es die Kehle zu, mein Herz pochte; ich schnappte nach Luft. Ich war am Boden. Getroffen von einem Mann, den ich mehr als mein halbes Leben kannte und dem ich es am wenigsten zugetraut hätte, mich dermaßen zu verletzen.

Nur einen Tag nach meinem emotionalen Zusammenbruch, brachten mich meine Eltern zum Flughafen.
Dort verabschiedeten sie mich gebührend. Meine Mutter musste weinen, mein Vater hingegen war da schon etwas gefasster.
Zu meiner kompletten Verwunderung erschien auch Liam. Unsicher steuerte er auf uns zu. Und ich wollte zur Begrüßung lächeln, ich wollte es wirklich. Aber

mein Körper weigerte sich. Innerlich fragte ich mich, ob ich ihn je wieder anlächeln könnte, ob ich ihm wieder in die Augen sehen könnte, ohne ihn zu hassen.
„Hey, wie geht's dir, Kleine?"
Selbst zu reden, fiel mir in diesem Moment schwer.
„Ganz okay."
Ich sah ihn nicht an, ich konnte nicht. Stattdessen kramte ich in meiner Tasche, suchte nach etwas, was ich gar nicht brauchte. Alles war mir jetzt lieber, als ihn anzuschauen.
Ich weiß nicht, warum, aber plötzlich nahm er meine Hand. Jetzt musste ich unweigerlich in seine Augen blicken.
Vielleicht konnte er jetzt erkennen, was ich zu verstecken versuchte. Dann sagte er mir das, was man einem Reisenden auf den Weg gab, aber nicht wirklich, was er sagen wollte.
„Sieh zu dass du wieder heil zurück kommst. Hörst du?!"
Eine letzte Umarmung, schon machte ich mich auf den Weg zum Gate. Der Weg dorthin kam mir unendlich lang vor, ich spürte die Blicke in meinem Rücken. Die Last der Enttäuschung machte meine Beine schwer. Und so stieg ich mitsamt meiner Hoffnung in den Flieger.

Kapitel 2
New York, New York

Sieben Stunden und dreiundzwanzig Minuten später war ich gelandet – im Land der unbegrenzten Möglichkeiten. Meine Möglichkeiten hingegen waren begrenzt: zehn Tage, sieben Verlage und drei Manuskripte. Realistisch betrachtet, standen die Chancen nicht besonders gut. Aber ich war Optimistin. Das Geld für das Hotel reichte lediglich bis nach Brooklyn; selbst diese Ausgaben waren für mein geringes Budget fast nicht tragbar. Die Straßen waren voll, die vielen schnellen Eindrücke von der großen Stadt erdrückten mich beinahe. Ich war sogar ein wenig eingeschüchtert. Zum ersten Mal ganz alleine unterwegs. Tausende Kilometer weg von zu Hause; meine Gedanken kreisten noch immer um Liam. Doch ich krempelte die Ärmel hoch und klapperte einen Verlag nach dem anderen ab.
Irgendwann, nach vier Tagen und der fünften oder sechsten Abfuhr, musste ich mich sammeln und meinen Selbstwert suchen. Ich fand mich in einem kleinen gemütlichen Café wieder.
Der außerordentliche Duft der frisch gemahlenen Kaffeebohnen lockte mich in die gute Stube. Irgendetwas wirkte vertraut, und so setzte ich mich. Ich warf einen Blick in die Speisekarte. Schon seit Stunden hatte ich nichts mehr gegessen, mein Magen machte sich lautstark bemerkbar. Die Preise in New York waren anders als in meinem Dorf zu Hause. Alles kostete fast doppelt so viel, also musste ich gut

haushalten. Das Billigste auf der Speisekarte waren Pommes, aber ich wusste nicht, ob sie für meinen Hunger ausreichen würden. Verstohlen blickte ich in meine Geldbörse, rechnete im Kopf zusammen, ob ich mir eines der teureren Gerichte auch leisten könnte. Wenn ich die restlichen Tage sparen würde, wäre es möglich, dachte ich und ging auf Risiko.
Ich orderte einen Burger mit Pommes, dazu eine Cola, und den Kaffee nahm ich quasi als Vorspeise.
Der Burger war herrlich, so etwas bekam man in ganz Irland nicht, oder jedenfalls hatte ich so einen traumhaften Burger noch nie zu Gesicht bekommen.
Als ich mir den Mund mit einer Serviette abtupfte, fiel mir ein apart gekleideter Mann auf. Schüchtern blickte ich wieder auf meinen Tisch, während ich ein zweites Mal verstohlen über die Schulter sah, merkte ich, dass er mich beobachtete. Ein drittes Mal sah ich rüber, und da konnte ich wahrnehmen, wie er vom Barhocker direkt auf mich zusteuerte.
„Entschuldigung Miss, aber Sie sind einfach zu schön, um nicht einen Versuch zu unternehmen, Sie einzuladen."
„Ich kenne Sie nicht!" Während ich das aussprach, kam ich mir wie ein kleines Schulmädchen vor.
„Dann lernen Sie mich eben jetzt kennen, mein Name ist Eric Cunningham."
Nach einer gefühlten Ewigkeit verriet ich ihm schließlich meinen Namen.
„Ich bin Rachel."
„Rachel und wie noch?"
„Rachel Ford."

„Rachel Ford, wir sollten Essen gehen, eine so schöne Frau wie Sie sollte nie alleine essen müssen."
„Ich nehme solche Angebote von Fremden leider nicht an."
„Auf diese Weise werden Sie aber nie jemanden kennenlernen, wenn Sie erst gar nicht mit Fremden sprechen."
„Vielleicht will ich auch gar keinen kennenlernen."
„Verheiratet?"
„Nein."
„Und wie kann eine so schöne Frau wie Sie ohne männliche Begleitung sein?"
Ich spürte, wie mir die Röte ins Gesicht stieg. Selten bis gar nie flirtete ich mit Männern.
In meinem Dorf zu Hause gab es nicht viele, mit denen es sich zu flirten lohnte. Und jetzt stand dieser attraktive Mann vor mir, warf nur so mit Komplimenten um sich. Ich fand mich jetzt nicht hässlich, aber unbedingt umwerfend schön auch nicht. Deshalb war es mir ein wenig unangenehm, die Aufmerksamkeit durch mein Aussehen zu erregen. Ich verließ mich nie allein darauf, schön auszusehen, denn in meiner Kindheit war ich alles andere als hübsch gewesen. Und so konzentrierte ich mich zumindest darauf, witzig und klug zu sein.
„Ich muss gehen."
„Sie können mich hier nicht stehen lassen, ohne mir Ihren Namen oder Telefonnummer zu geben."
„Ich kann, und ich werde."
Er sah gut aus, zu gut. Ich fragte mich, wieso ich ihm aufgefallen war. Die Damen am Tisch gegenüber waren allesamt attraktiv und vernaschten ihn mit ihren

Blicken. Und ich, ich hatte ein selbstgenähtes Kleid an und trug die alten Schuhe von meiner Mutter. Obendrein hatte ich noch die Reste eines billigen Lippenstifts drauf, den ich mir vorher in die Serviette gewischt hatte. Und von einer Frisur brauchen wir erst gar nicht zu reden.
„Woher kommen Sie?"
Ich stand auf und suchte nach dem Portemonnaie in meiner Handtasche.
„Aus Irland und bin quasi schon wieder weg."
Ich blickte in seine Augen, sie hatten nicht die gleiche Farbe wie Liams Augen, sie waren dunkel, fast schwarz. Sie waren aber ebenso ansehnlich und interessant.
„Wie lange bleiben Sie noch?"
„Nur mehr bis Dienstag."
„Na dann haben wir noch ganze drei Tage."
„Ich legte das Geld auf den Tisch und schenkte ihm ein aufmunterndes Lächeln. „Es tut mir leid."
„Ein Essen, bloß ein Essen!"
Während ich meine Geldbörse in meiner Handtasche verschwinden ließ, erblickte ich das Manuskript darin, und ich stellte mir in dem Moment die Frage, ob das alles hier ein einziger Fehler war.
Ich war auf dem Boden der Tatsachen gelandet: Keiner der Verlage wollte mich, und ich wollte nicht mehr mein Herzblut in eine Sache stecken, auf der mit Füßen herumgetrampelt wurde. Was hatte ich also zu verlieren?
„Frühstücken, ich mag Frühstücken, ich liebe quasi Frühstücken, ich könnte den ganzen Tag lang

Frühstücken."

„Also gehen wir morgen Frühstücken, ich hole Sie ab. Gegen 8 Uhr? Passt Ihnen das?"

„Ich wohne in einem Hotel in Brooklyn. Sie müssen mir die genaue Adresse geben, damit ich ..."

„Geben Sie mir Ihre Adresse, ich werde Sie abholen." Ich schrieb ihm die Adresse auf eine Serviette und merkte, dass sein Blick keinen Zentimeter von mir wich.

Weiße Tischdecken, antike Möbel und teuer gepolsterte Sessel. Als ich mich auf ein Frühstück mit dem schönen Mann eingelassen hatte, war mir nicht bewusst gewesen, dass ich hier gnadenlos underdressed sein würde. Ich fühlte mich fehl am Platze und wollte zwischen der Tapete sowie den prunkvollen Leuchtern einfach im Boden versinken.
Er rückte mir den Stuhl zurecht.
Ich schaute mich weiter im Raum um, was mich allerdings noch unsicherer machte.
„Also Rachel, was treibt dich nach New York?"
Ich zuckte mit den Schultern und nahm einen großen Schluck Wasser, um die trockene Kehle zu bewässern.
„Ich weiß nicht, Urlaub, ich hatte noch nie Urlaub."
„Wieso macht so eine schöne Frau alleine Urlaub?"
Ich verschwieg ihm den wahren Grund. Einerseits, weil meine Manuskripte keiner wollte, andererseits ging es ihn einfach nichts an. Also nahm ich erneut einen Schluck Wasser, um vom Thema abzulenken.
Er schenkte dem wenig Beachtung und ging sogleich zur nächsten Frage über: „Studierst du?"
„Das weiß ich noch nicht; ich habe eigentlich gehofft, dass ich nach meinem Schulabschluss weiß, was ich will, aber irgendwie hat sich nichts ergeben.
Was machst du, Eric?"
„Immobilien, einen langweiligen Bürojob, meinem Vater gehört eines der Unternehmen, in dem ich arbeite und ..."
Alles, was aus seinem Mund kam, verlieh mir das Gefühl, ein totaler Versager zu sein.
Auf meinem Sessel fühlte ich mich immer kleiner

werdend und definitiv fehl am Platz.
Er war reich und zwar stinkreich. Ich hatte nicht die Ahnung, wie reich, aber ich konnte es mir denken.
Als wir unser Frühstück serviert bekamen, hatte ich keinen Hunger mehr, lediglich Angst.
Irgendwie fühlte ich mich von reichen und einflussreichen Menschen immer bedroht und noch wertloser und ärmer.
„Interessiert dich Wirtschaft, Rachel? Ich habe nämlich Wirtschaftsmanagement studiert, zunächst habe ich Geschichte und Kunst studiert. Aber das war irgendwie langweilig, habe ich gleich nach dem 2. Semester abgebrochen. Bin eher der Typ, der gut mit Zahlen umgehen kann."
„Ähm, ja, also ich habe mich mit Wirtschaft noch nicht so beschäftigt."
„Hier gibt's die besten Unis im Lande, du könntest studieren."
Der Bissen blieb mir im Halse stecken. Ich konnte nichts, ich konnte mir nicht einmal ein Gericht auf dieser Karte leisten, geschweige denn hier studieren.
„Nein, Eric, das kann ich nicht. Denn ich bin nicht reich; meine Eltern sind keine wohlhabenden Menschen, also kommt ein Studium für mich so gut wie gar nicht infrage. Wahrscheinlich werde ich in einem kleinen Laden in Irland arbeiten und mir meine Brötchen mit Lebensmitteln verdienen. Und wenn du mich jetzt fragst, ob mich Lebensmittel interessieren ... Nein, das tun sie nicht! Aber wenn man nicht reich ist, stehen einem nicht alle Türen offen, dann muss man eben nehmen, was man kriegt, und nicht das,

was einen interessiert oder gefällt. Einfach, um zu überleben."

Es sprachen Wut und Enttäuschung aus mir. Ich war in den letzten Tagen zu oft und zu hart vom Leben enttäuscht worden. Es reichte mir! Ich wollte einfach nur nach Hause. Alleine sein, mich nicht schämen für das, was ich war.

„Habe ich irgendetwas Falsches gesagt?"

„Nein, aber mir ist gerade eingefallen, dass ich noch etwas erledigen muss."

Ich warf die weiße Serviette auf meinen Platz und verließ den Raum, in den ich nicht hingehörte.

„Rachel, Rachel, warte!"

Auf der Straße neben dem noblen Restaurant holte er mich ein.

Ich tat ihm den Gefallen und blieb stehen.

Er blickte mich verdutzt an. Ich schüttelte ihm die Hand.

„Es hat mich gefreut. Danke für das Essen."

„Warte mal! Wo willst du hin? Was du auch immer zu erledigen hast, ich bin mir sicher das kann warten."

Er stellte sich mir in den Weg, während ich dabei war, mich zu orientieren und das nächste U-Bahn-Schild zu finden.

„Verbring mit mir den Tag! Komm schon, Rachel Ford!"

„Du wirst nicht aufgeben oder?"

„Vor mir ist noch keine Frau davon gelaufen."

Ich machte es ihm nicht leicht, aber irgendwann nach dem dritten oder vierten Date war es um mich geschehen. Der Mann, der mich im Café angesprochen hatte, entpuppte sich langsam als Traummann.

Während er mir die Stadt zeigte, die für mich nach wie vor unerträglich laut und schnell war, kamen wir uns näher. Öfters ertappte ich mich dabei, wie ich mit offenen Mund die nahezu endlosen Wolkenkratzer anstarrte. Wir überquerten die Brooklyn Bridge, aßen einen Hot Dog und besuchten die Freiheitsstatue. Hier küssten wir uns zum ersten Mal. Ich war in dem Moment ein klein wenig angetan, von dem schönen Mann, der so gut roch und sich so fein kleidete. Er konnte gut für mich sorgen, wusste sich auszudrücken, war ein wahrer Gentleman und behandelte mich wie eine Prinzessin. Welches Mädchen würde seinem Charme nicht auf der Stelle verfallen?

Am letzten Tag vor meiner Abreise hatte er noch eine Überraschung für mich geplant.

Wir liefen auf einer Straße entlang, auf der ich noch nie zuvor gegangen war, in einem Stadtteil, welcher mir ebenso unbekannt war.

„Hier sind wir."

„Wo sind wir?"

Er zeigte auf ein großes Gebäude mit einer wahnsinnig großen Stiege. Nach den Menschen zu urteilen, die das Gebäude verließen, tippte ich darauf, dass es sich um eine Universität handelte.

„Was machen wir hier, Eric?"

„Hier habe ich studiert."

„Toll, sieht großartig aus." Ich sah mich weiter um.

„Ja, und ich habe einen Termin mit einem ehemaligen Professor von mir ausgemacht; er hätte Zeit für ein

Gespräch mit dir."
„Mit mir? Wieso mit mir?"
Da wurde mir klar, welche Chance sich mir bot: Ich sollte hier studieren.
„Das ist echt sehr nett von dir, aber ich kann es mir nicht leisten, Eric."
„Aber ich kann es mir leisten."
Und er konnte es sich leisten: Das Gespräch verlief nahezu perfekt. Der Professor war anscheinend von mir angetan und bot mir einen Platz an der Universität an.
Jetzt lag es an mir.

Kapitel 3

„Ja, Mama, Mama, Fliegen ist sicherer als Autofahren. Ja, doch. Wir sehen uns in ein paar Stunden, mach's gut!"
Für meine Mutter war das Fliegen nach wie vor schrecklich und die Tatsache, dass ihre Tochter über den Atlantik flog, noch eine viel schrecklichere. Jedoch heiterte sie eine Sache ein wenig auf: Ich hatte jemanden gefunden, der gut für mich sorgen konnte. Sehr gut sogar!

Mein Leben änderte sich, als ich nach Amerika ging, zwar nicht wie geplant, aber es änderte sich schlagartig. Die Sache mit meinen Büchern wurde nichts; somit begrub ich die Idee, jemals eine Schriftstellerin zu werden. Ich wollte mich nicht in etwas verlaufen, für das ich anscheinend kein Talent hatte. Also schlug ich einen neuen Weg ein, einen, der Hand und Fuß hatte. Einige Wochen ging ich jetzt schon auf die Universität und büffelte wie verrückt.
Zudem genoss ich die Gesellschaft der Upper East Class. Eric führte mich in die Gesellschaft ein und trug mich auf Händen.
Ich war von dem Geld nicht mehr so eingeschüchtert wie zuvor, aber richtig begreifen konnte ich noch immer nicht, wie reich ein Mensch sein konnte.
Auch in meinem kleinen Dorf hatte es sich herumgesprochen, dass ich einen ganz großen Fisch an Land gezogen hätte. Mir war die Situation jedoch unheimlich peinlich, ich war nicht die Art Mädchen,

die es darauf anlegte, einmal einen reichen Mann zu heiraten. Ich wollte nie einen Mann, der reicher war als mein Vater, aber das war nicht schwierig.

Dessen ungeachtet, hatte ich große Sympathien für Eric entwickelt. Wenn ich realistisch darüber nachdachte, konnte ich mir gut vorstellen, dass er der Vater meiner Kinder werden würde. Realistisch betrachtet?!

Ich weiß nicht, ob mich New York zum Realisten gemacht hatte oder meine Erfahrungen.

In meinem Leben herrschte Vernunft. Die ganze Zeit im Flieger dachte ich darüber nach, wie es sein würde, nach Wochen zurückzukommen. Würde Liam auf mich warten? Innerlich stellte ich mir mehr als nur die eine Frage; jedoch kreisten alle Fragen im Eigentlichen um Liam. Ich war nervös und biss mir ständig auf die Lippen.

Anscheinend fiel das auch Eric auf, woraufhin er sich nach meinem Gemütszustand erkundigte: „Alles okay?"

„Ja, es ist nur ..., ich habe meine Eltern schon so lange nicht mehr gesehen und ..."

Es war gelogen, wegen meiner Eltern machte ich mir keine Sorgen. Einzig und allein sorgte ich mich, wieso ich nach all den Monaten noch so ein seltsames Gefühl im Magen verspürte, wenn ich an Liam dachte.

Ich atmete tief ein und starrte weiter aus dem Flugzeug.

Überraschenderweise deckte meine Mutter den Tisch nicht mit dem guten Porzellan, sondern mit einem, welches mir noch völlig unbekannt war.

„Mama, hast du ein neues Service?"

„Wenn so ein reicher Mann im Hause ist, kann ich nicht mit den alten Teilen ankommen." Flüsterte sie und ließ Eric, der gerade im Wintergarten mit meinem Vater eine Zigarre qualmte, nicht aus den Augen. Sie waren weit genug entfernt, um das Gespräch nicht mitzubekommen, dennoch wusste ich genau, welche Geschichten mein Vater Eric gerade auftischte: Schafe und die Schafzucht.

„Mama, es ist doch egal, von welchem Geschirr wir essen."

Ihr Blick verriet mir das Gegenteil.

Den ganzen Abend lang herrschte Small Talk am Tisch, meine Mutter versuchte, ihre Nervosität mit Lächeln zu überspielen.

Mein Vater kaute das Thema „Schafe" bis ins kleinste Detail durch.

Und ich war in Gedanken an meine Zukunft versunken. Ich war bloß ein paar Monate weggewesen, und mir kam jetzt hier alles fremd vor. Mein Zuhause wurde mir fremd; mir wurde bewusst, dass jetzt ein neues Leben begann.

Nach dem Essen gesellten sich mein Vater und Eric, mit einem Glas Wein und einer Zigarre, wieder in den Wintergarten.

Meine Mutter und ich erledigten den Abwasch. Wir waren schon fast fertig, als sie mir eine Frage stellte, die mich mehr beschäftigte, als ich geglaubt hätte.

„Und was ist jetzt mit deinen Büchern? Was haben sie gesagt?"
„Nichts, ich schreibe nicht mehr."
„Du schreibst, seit du zehn Jahre alt bist, wieso willst du aufhören?"
„Weil ich schlecht bin, okay, Mum!"
„Wer sagt, dass du schlecht bist?"
„Keiner, das ist ja das Problem. Ich bin so schlecht, dass es ihnen nicht der Mühe wert ist, mir den Grund für die Ablehnung zu nennen."
„Das glaube ich nicht ..."
Ich unterbrach sie. „Ich hab's versucht, Mum."
„Aber du liebst das Schreiben, hast du mir doch gesagt."
„Mum!"
Demonstrativ warf ich das Geschirrtuch auf die Arbeitsfläche und wandte mich ab.
„Ist ja gut."
„Ja, es ist gut, ich studiere jetzt Wirtschaft, und es gefällt mir!"
„Ja, das ist wohl vernünftig."
„Wieso kannst du dich nicht einfach für mich freuen?"
„Das tue ich doch, glaube mir!"
„Und wieso habe ich dauernd das Gefühl, dass ich es dir nie recht machen kann, egal, was ich auch mache?"
„Tu einfach das, was dich glücklich macht!"
„Ach was Mum, jetzt auf einmal?"
„Solange es etwas Vernünftiges ist."
„Siehst du!"
Das beklommene aufwühlende Gefühl nach einem sinnlosen Gespräch oder Streit mit meiner Mutter war

nervenaufreibend und kräftezerrend.

Die Nacht über schlief ich wenig. Ich wälzte mich von einer Seite auf die andere; mir hallten die Worte meiner Mutter noch in den Ohren. Am nächsten Morgen war alles wie immer. Wir frühstückten, lasen die Tageszeitung, plauderten über Schafe. Währenddessen teilte uns Eric mit, dass er einen Anruf bekam, wichtige Vertragsabschlüsse hatten sich verschoben, und er müsse schon morgen zurück nach New York. Vielleicht hätte es mich überraschen sollen, dass er die Telefonnummer von meinen Eltern in seinem Büro hinterlassen hatte. Tat es aber nicht.

Ich blieb in Irland. Ich hatte noch einige Sachen zu erledigen. Obendrein musste ich meine restlichen Sachen packen. Also beließen wir es dabei, dass ich die Maschine vier Tage später nahm.

Am Nachmittag, als ich Eric mit dem Wagen meines Vaters zum Flughafen brachte, hatte ich zwei Möglichkeiten, um nach Hause zu fahren: auf direktem Weg oder indirekten – über Liam. Ich entschloss mich für Letzteren.

Meine Knie zitterten, als ich in die vertraute Auffahrt mit dem weißen Briefkasten einbog.

Anfangs schien es so, als wäre niemand zu Hause. Ich stellte den Motor ab und ging um das Haus in Richtung Scheune, wo Liam gerade am Holzhacken war. Er sah gut aus, genauso gut, wie Monate zuvor. Er kniff die Augen zusammen, und hielt sich eine Hand vor das Gesicht. Um trotz der blendenden Sonne etwas zu erkennen. Er sah verdammt gut aus. Männlicher. Vielleicht war es sein Dreitagebart, der ihn älter wirken ließ.

„Na, wenn das nicht Miss New York ist?"

Von mir kam daraufhin ein nüchternes und etwas zu hohes „Hey!".

Noch bevor er die Axt zur Seite legte, ließ er die nächste Frage wie eine Bombe platzen. Genau so, damit sie auch ja jeder mitbekam. Laut und herablassend: „Wo ist dein Göttergatte?"

Ich konnte es nicht fassen: Es war wie ein Buschfeuer, es verbreitete sich schneller, als angenommen. Seine Nachbarin, die gerade dabei war die Unterhosen ihres Mannes auf der Wäscheleine zu drapieren, hielt einen Moment inne. Spähte durch die Feinripp-Unterhosen hindurch und musterte mich.

„Ja, was soll ich sagen, Liam, es hatte endlich jemand Erbarmen mit mir."

Er biss sich auf die Lippen, wischte sich den Schweiß von der Stirn. Seine Augen scannten mich von Kopf bis Fuß. Auch ihm war anscheinend aufgefallen, dass mein Kleidungsstil jetzt erwachsener und gehobener war.

„Komm rein, Lady, ich mache dir einen Tee, es wird kalt."

Als wäre die Kälte der einzig sinnvolle Grund, um mich hineinzubitten.

Wortlos hielt ich mit ihm Schritt. Er war ernst, es war, als würde er in den letzten Monaten, um Jahre reifer geworden sein.

Im Haus versuchte ich einen Anlauf, um eine, den Umständen entsprechend, normale Konversation zu starten.

„Wie geht's dir so, Liam?"
„Alles gut. Und dir?"
Wir nahmen in der Küche Platz. Er stellte das Wasser auf, wischte elegant die restlichen Wassertropfen von der Anrichte und setzte sich zu mir.
Er war noch nie ein Freund von Smalltalk gewesen, er kam immer gleich zum Punkt.
„Was machst du hier?"
„Ich besuche meine Eltern, mein ..."
Ich hielt einen Moment inne. „Mein Freund, Eric, ist wieder zurück nach New York geflogen, und ich nehme die Maschine am Donnerstag."
Er lächelte, aber es war kein freundliches Lächeln; es wirkte verächtlich und brachte mich dazu, mich vor ihm zu rechtfertigen.
„Er ist toll, du würdest ihn mögen."
„Ach was, ist er das?"
Da saßen wir also.
Ich, in einem Kostüm, das vermutlich mehr kostete als die gesamte Sitzgruppe, auf der wir uns finstere Blicke zuwarfen.
Er, mit tief sitzender Jeans und Holzfällerhemd, gab sich nicht einmal Mühe, eine normale Konversation zu führen.
„Ja, das ist er!"
„Und was soll die ganze Show?"
„Wie bitte?"
„Ich habe gehört, du studierst jetzt Wirtschaft?"
„Ja, sehr richtig, ich studiere."
„Du wolltest schreiben, das war das Einzige, was dich je interessiert hat."

„Entschuldigung, wenn ich meinen Horizont erweitere und ..."

„Und dich verstellst! Für so ein reiches Arschloch."

Er deutete mit seiner Hand in eine Richtung, als stünde Eric direkt im Raum.

„Nein!" Ich versuchte mit ruhiger Stimme, meinen Satz zu beenden.

„... Und mich nicht mit einer bescheuerten Schafzucht zufrieden gebe."

Er verstummte.

Eins zu null, dachte ich, da merkte ich, dass wir noch nie zuvor so miteinander gesprochen hatten.

„Lass mich doch einfach glücklich sein!"

„Wenn du nur glücklich wärest, Rachel."

Voller Inbrunst und mit einer Hand auf dem Herzen kam es heraus: „Ich bin glücklich."

Kopfschüttelnd stellte er mit ruhiger Stimme fest: „So siehst du aber nicht aus."

„Werde erwachsen Liam, dann kannst du dich wieder bei mir melden!"

Mit einem Satz sprang ich hoch, sodass dabei der Stuhl Richtung Boden kippte.

Er versperrte mir den Weg, stellte sich mit verschränkten Armen vor die Tür und fragte: „Willst du jetzt weglaufen? Wir führen gerade eine Unterhaltung!"

„Nein, wir führen keine Unterhaltung, die ist somit beendet. Und jetzt geh' mir aus dem Weg!"

„Ja, aber das ist erwachsen, oder was? Geh' zu deinem Göttergatten!"

Es war genug, ich wollte seine Worte nicht mehr hören; so verließ ich fluchtartig das Haus und das Grundstück.

Im Wagen drehte ich die Musik laut auf und hoffte, sie würde meine Gedanken übertönen. Aber leider war es nicht der Fall.

Kapitel 4

November 1988

Wenn du nur glücklich wärest, Rachel.
Selbst die laute, pulsierende Stadt konnte mich von Liam und meiner Heimat nicht ablenken. Wochen später hörte ich die gesprochenen Worte in meinem New Yorker Appartement noch immer. Es machte mich wütend und traurig; allgegenwärtig stellte ich mir die Frage, wieso sich mein einziger Freund in meinem Leben nicht für mich freuen konnte. Er hätte mich haben können und wollte mich nicht. Punkt! Ich würde glücklich werden.
Eric war wohlhabend; wir würden uns irgendwann ein Haus kaufen, und ich würde in absehbarer Zukunft meinen Abschluss in den Händen halten. Es gab nichts, was wir uns nicht leisten konnten. Dies versuchte ich, mir täglich innerlich vorzusagen, während ich mich im Spiegel betrachtete und langsam bemerkte, wie ich mich verändert hatte. Ich trug meine Haare nicht mehr wild und offen, stattdessen bändigte ein straffer Pferdeschwanz meine blonde Mähne.

Und dann war da dieser eine Morgen, es war ein Samstag im November, als ein Brief auf meinem Nachtisch lag. Eine handgeschriebene Nachricht, hinterlassen von Eric: „Abendessen in Paris?"
Also flogen wir nach Paris, und es blieb nicht bei einem Essen. Wir nächtigten in einem typisch

französischen Hotel, nahe dem Eifelturm. Nur wenige Minuten, nachdem wir das Zimmer erreichten, war es ernüchternd festzustellen, dass ich nicht der einzige Grund war, wieso wir nach Paris geflogen waren. Eric hatte am ersten Tag wichtige Geschäfte zu erledigen.
Ich verlor mich in den Galerien der Stadt; schweifte mit einem Reiseführer durch die alten Straßen der Weltmetropole. Alleine.
Am Abend kam er zurück ins Hotel, gab mir einen flüchtigen Kuss und legte sich auf die Chaiselongue in unserer Suite.
„Na Schatz, wie war dein Tag heute?"
Ich würdigte ihn keines Blickes, ging ihm und der Konversation aus dem Weg. „Entspannt."
„Rachel, reichst du mir bitte die Fernbedienung?"
Ich reichte sie ihm nicht; ich warf sie förmlich auf ihn. Sie landete direkt vor seinen Füßen.
„Bist du sauer auf mich?"
„Nein! Wie kommst du darauf? Ich bin gerne alleine in einer Stadt, die ich nicht kenne, in einem Land, wo man meine Sprache nicht spricht. Nein Eric, alles wunderbar, nur wenn du das nächste Mal Geschäfte zu erledigen hast, lass mich bitte in New York!"
„Kein Grund, um gleich laut zu werden."
Er ging auf mich zu, nahm meine Hand und streichelte meine Schulter mit der anderen Hand.
„Das war nur heute, ab jetzt gehöre ich ganz dir. Komm zieh dir was Schönes an, dann gehen wir essen!"
„Das ist es, komm, gehen wir essen?"
„Ich will mich nicht streiten, ich will mit dir einfach nur diesen Abend genießen."

Er küsste mich, und ich ließ es für den Moment gut sein, seufzte und gab nach. Nahm seinen halbherzigen Versuch der Entschuldigung an. Nach dem Essen sollte die Krönung des Abends folgen. Wir spazierten Richtung Eifelturm und betrachteten das leuchtende Bauwerk. Um uns herum tummelten sich verliebte Pärchen und küssten sich. Da suchte mein Blick Eric. Ich erschrak, als ich sah, dass er kniete. Entschlossen und stark nahm er meine linke Hand.

Ich schluckte und blinzelte häufiger als unter normalen Umständen.

„Rachel, du bist die schönste und warmherzigste Frau, die ich je kennengelernt habe und auch die, die es mir am schwersten gemacht hat. Aber ich liebe Herausforderungen und weiß, mit dir wird mir niemals langweilig werden. Ich liebe dich. Ich liebe dich, wie keine andere. Also willst du meine Frau werden?"

Er wollte mich zur Frau, mich, in Paris! Wir waren in dicke Wollmäntel gepackt, als er ein kleines Schächtelchen von Tiffany mit einem Inhalt, dessen Wert unschätzbar für mich war, hervorholte. Er hielt meine Hand, als ob sie das Kostbarste auf der Welt wäre. Und er sah mich dabei an, als wäre ich alles für ihn.

Selbst in diesem romantischen Moment, wo er mir sein Herz offenbarte, sah ich durch ihn hindurch. Ich sah Liam. Ich sah Liam und mich auf einer Schaukel.

Es war ein herrlicher milder Sommertag in Irland.
Wir spielten den ganzen Tag lang, dann kniete sich Liam vor mir hin und schenkte mir einen Löwenzahn. Die Worte hörte ich noch genauso wie damals ...
„Wenn ich einmal groß bin, werden wir bestimmt heiraten."
„Ich weiß nicht, Liam, bekommt die Frau nicht immer einen Ring von ihrem Mann? In den Filmen ist das jedenfalls so."
„Aber das ist doch egal, ich habe dich gern, und ich schenke dir halt einen Löwenzahn."
„Okay, aber wenn der Löwenzahn kaputt ist?"
„Dann schenke ich dir eben wieder einen neuen. Das ist kein Problem, ich werde dir so viel Löwenzahn, wie du magst, schenken."

Jetzt starrte ich in Erics Augen, die nach einer Antwort Ausschau hielten. Ich blickte weiter zum Eifelturm, betrachtete den Diamanten und dachte über die Frage, die damit einherging, nach. Nun ja, ich wollte in diesem Moment Löwenzahn. Doch mir bot sich eine Welt, die anscheinend mein neues Leben war. Also gab ich ihm mein Wort. Er war ein guter Mensch, es war vernünftig. Mein Verstand traf die Entscheidung. Mein Herz würde damit leben.

Nach Paris steuerten wir Irland an; wir wollten unsere Verlobung bekanntgeben.
Und ich musste mich noch verabschieden, damit waren nicht meine Eltern gemeint.

Mama und Papa fassten es auf, wie Eltern es eben auffassen, wenn ein Multimillionär die Tochter heiratet. Sie waren heilfroh, dass ich einen Mann gefunden hatte – und noch dazu eine so gute Partie. Aber irgendetwas bewegte meine Mutter, mich für ein Gespräch an die Küste zu führen.
Nach monatelangem New York-Aufenthalt fiel mir das viele Grün auf unserer Insel wieder auf. Im Frühjahr und Sommer wirkt es so saftig, dass man am liebsten reinbeißen möchte; jetzt war es weniger grün, und der Himmel war grau.
Meine Mutter holte mich aus meinen Gedanken:
„Rachel, ist es das, was du wolltest?"
„Ich glaube schon."
„Du glaubst schon? Du liebst Eric doch oder? Eric ist nämlich ein überaus toller Mann."
Hiermit gab sie mir zu verstehen, dass es gar keine andere Möglichkeit gab, als ihn zu lieben und mit ihm glücklich zu sein. Aus dem Augenwinkel heraus konnte ich ihre Nervosität erkennen.
„Mum, ja. Es ist nur ... Ich ..., ich hoffe, ich mache alles richtig."
„Aber Schatz, für das Leben gibt es keine Garantie. Das Leben ist eben das Leben, alles kann passieren."
Sie legte ihre Hand auf meine Schulter und spendete mir dabei ein aufmunterndes Lächeln.
„Ich meine, Rachel, sieh dich an! Was dir alles passiert ist, du hast diesen umwerfenden Mann kennengelernt, der blendend aussieht und dazu auch noch gut für dich sorgen kann.
Als du nach New York gegangen bist, hielt ich es für

eine Schnapsidee, aber sieh bloß, was daraus geworden ist! Wir sind so stolz auf dich."
Die Worte hallten in meinen Gedanken wider. Schriftstellerin wollte ich werden, das war es was ich wollte. Schreiben, eine Geschichte, meine Geschichte, das war es, was ich sagen wollte.
Doch ich konnte nicht, weil ich in ein Gesicht blickte, das mich wiederum voller Hoffnung auf ein besseres Leben ansah. Ich kannte so einen Ausdruck von meiner Mutter nicht; in diesem Moment wurde mir bewusst, wie viel von mir abhing. Meine Eltern würden sich keine Sorgen mehr um Geld zu machen brauchen. Sie würden es im Winter endlich wieder warm haben, und die Zukunft der Schafzucht meines Vaters wäre auch gesichert. All das war mit meiner Entscheidung gefallen. Sie hatten mir ein Leben geschenkt, und ich gab ihnen jetzt ein klein wenig Sorglosigkeit zurück. Es war das Mindeste. Doch irgendetwas rebellierte in mir.
„Ich werde heute noch Liam besuchen."
Erstaunt musterte sie mich, nahm ihren Arm von meiner Schulter und steckte ihn in ihre Jacke.
„Fehlt er dir?"
„Jeden Tag!"
„Das wird vorübergehen, du wirst schon sehen."
„Was wird vorübergehen? Meine Freundschaft mit Liam? Sicher nicht!"
Da schaute sie mich nicht mehr an, sondern in die Ferne. Sie kniff dabei ihre Augen zusammen.
„Manchmal muss man mit dem abschließen, was einem nicht gut tut, Rachel."

„Was Mum? Er tut mir gut, er ist mein bester Freund."
„Du bist verlobt!"
Ihre Stimme wurde so laut, dass ich das Gefühl hatte, selbst sie erschrak, wie laut sie wurde.
„Wenn du die Verlobte eines Mannes bist, der es ernst mit dir meint, spiele nicht mit ihm!"
Für sie ging es um mehr als nur um mein Glück. Der Preis war ihr anscheinend egal.
„Er ist mein bester Freund, Mum", wiederholte ich stur.
Ihr Blick widersprach meinem Gesagten.
„Mum, hast du was zu sagen?"
Der Wind blies uns so stark um die Ohren, dass ich vor lauter Haaren meine Mutter kaum noch erkennen konnte.
„Eric ist der Mann an deiner Seite!"

Genau zwei Stunden später war Liam an meiner Seite, mit einem Guinness in der Hand.

„Na Kleine, erzähl mal, wie ist es so? So reich zu sein, muss bestimmt langweilig sein?!"

„Ja, schon, aber hey, dann fliegen wir um die Welt und unternehmen was gegen unsere Langeweile."

„Ach Kleines, ich weiß nicht, ob du mir fehlst oder dein Sarkasmus."

„Nein, ehrlich, es ist ganz schön komisch, nicht jeden Tag Schafe zu sehen oder zu hören. Auch das viele Grün hier fällt mir erst jetzt wieder auf."

„Dann bleib doch!"

Ich schwieg, und er lächelte. Für einen Moment wünschte ich mir, ich hätte eine Wahl.

„Schreibst du eigentlich wieder?"

Mein Gesicht wurde von jetzt auf gleich ernst. „Ich habe dir doch gesagt, ich habe damit aufgehört."

Mit der Frage kamen auch die Erinnerungen an unser letztes Gespräch hoch, ich versuchte, sie mit einem Schluck Bier wegzuspülen.

„Und du hast einmal zu mir gemeint, du könntest es dir nicht aussuchen. Du müsstest einfach schreiben."

„Ja, aber wenn man schlecht in etwas ist, sollte man besser damit aufhören, bevor man sich in etwas verrennt."

„Du warst bei ein paar Verlagen, du kannst nicht ..."

Mit erhobener Hand unterbrach ich ihn: „Glaubst du, die warten auf mich?"

Er merkte, dass mich das Gespräch wütend machte.

„Du musst wissen, was du machen willst."

„Das weiß ich auch; ich studiere jetzt Wirtschaft, und

es gefällt mir."
Verdammt, ich klang nicht mal halb so überzeugend, wie ich es beabsichtigt hatte.
Mit einem stummen Nicken, zusammengepressten Lippen und einem Schluck Guinness beließ er es dabei und wechselte das Thema.
„Hast du heute Abend schon was vor?"
„Na ja Eric und ich wir ..."
„WIR? Ist das ein Witz? Gibt es nur mehr ein Wir? Ich möchte heute nur was mit DIR machen! Geh mit mir auf ein Konzert!"
Es brauchte nicht lange, da willigste ich mit einem Lächeln ein.
Es war einer der Momente, in denen man merkte, dass man lebte. Ich meine, jene Momente, die du einfrieren möchtest oder in eine Glaskugel packen, damit du sie wieder und wieder erleben kannst. Weil man auch in diesem Moment weiß, es ist nicht für immer.
Wir standen inmitten von Massen. Brüllten uns die Seele aus dem Leib. Liams Hand griff nach meiner, vielleicht wollte er sich vergewissern, dass dieser Moment da war. Man konnte ihn nicht beschreiben, er war einfach da. Wir tranken ziemlich viel Bier und rauchten, als gäbe es kein Morgen. Ich hoffte, wir würden für ewig Freunde bleiben. Irgendwann, als es schon langsam hell wurde, machten wir uns auf den Heimweg. Wir schunkelten den Weg nach Hause, den wir schon, seit wir das erste Mal ausgegangen waren, nach Hause torkelten. Es war jedes Mal wieder ein Erlebnis. Wir grüßten vorbeifahrende Autos, die wir nicht kannten. Schrieben mit meinem Lippenstift

unsere Initialen auf die geparkten Autos und liefen lachend davon.

Kurz bevor wir an meinem Elternhaus angelangt waren, fragte er mich wie aus dem Nichts: „Wieso kommst du nicht wieder zurück nach Irland?"

„Was?" Jetzt verflog mein Lächeln.

„Ich meine es ernst, komm zurück!"

Etwas fragend und irritiert, stand ich ihm gegenüber, versuchte, mich auf den Beinen zu halten.

„Mann!" Ich boxte ihm auf die Brust, ohne jegliche Regung und mit amüsierter Miene nahm er meine Hand von seiner Brust.

„Was? War das ein Ja?"

„Du willst mich doch nur hier haben, weil ich nicht da bin. Liam, so bist du immer."

Die ausgelassene Stimmung war verflogen; wir schenkten uns ernste Blicke.

„Okay, ich habe einen Fehler gemacht, aber du machst auch einen, wenn du in New York bleibst."

„Sag mir jetzt nicht so etwas, ich mache keinen Fehler, wenn ich versuche, das Beste aus meinem Leben zu machen."

„Was heißt das Beste? Du lebst in New York, gemeinsam mit diesen Typen und umgibst dich mit Menschen, die du vor gut einem Jahr noch verabscheut hast."

„Habe ich nicht! Du reimst dir gerade deine Geschichte zusammen, so wie sie dir passt."

„Das stimmt doch gar nicht! Rachel, erinnere dich an einen Moment, in dem du gesagt hättest, du würdest dich für Management, Wirtschaft und den ganzen

Scheiß interessieren!"

„Hör auf! Was genau ist dein Problem? Das auch ich mich weiterentwickle?"

„Ja, aber zu was entwickelst du dich?"

„Das ist also dein Problem, dass nicht jeder sich mit einem einfachen Leben zufrieden gibt? Oder dass du etwas nicht haben kannst, wenn du es willst."

Ich war wütend und ging schneller, in der Hoffnung, er würde mich nicht einholen.

„Er."

Erneut drehte ich mich in seine Richtung: „Was?"

„Er."

„Wer?"

„Der reiche Sack Eddi, oder keine Ahnung, wie der heißt …"

Ich blieb stehen, korrigierte ihn mit ernster Miene: „Eric. Sein Name ist Eric."

„Meinetwegen. Er glaubt, ihm gehöre die Welt, weil er Geld hat und nicht weiß, was er damit anfangen soll. Ich sage dir eins, der Mann wird dich nicht glücklich machen."

„Liam, du bist betrunken, du kennst ihn nicht. Du merkst dir ja noch nicht mal seinen Namen."

„Ich will ihn auch nicht kennenlernen."

„Du bist so engstirnig."

„Und du bist nicht mehr die, die du einmal warst."

„Ich kann dich nicht ernst nehmen, wenn du betrunken bist."

„Du bist genauso betrunken."

„Ich bitte dich, Liam, lass gut sein, und sei jetzt nicht so melodramatisch!"

Er hielt mich am Arm fest, sodass ich gezwungen war, stehen zu bleiben und ihm direkt in die Augen sehen musste.

Da sagte ich etwas zu ihm, was mich vermutlich mehr überraschte als ihn: „Liam! Verdammt, dann hättest du mich damals nicht gehen lassen dürfen!"

Seine Hand ließ meinen Arm los, und ich marschierte weiter. Wir wechselten kein Wort, bis wir bei meinem Haus angelangt waren. Dort überraschte mich Eric. Eric im Anzug auf der Veranda. Wenn ich mit vielem heute noch gerechnet hätte, aber nicht, dass er hier auf mich warten würde. Er sah fast so erstaunt aus, wie ich vermutete, auszusehen.

„Eric, was machst du denn hier?"

Wortlos schritt er an mir vorbei, geradewegs auf Liam zu.

Im ersten Moment dachte ich, er würde ihm eine klatschen. Doch er hielt mit seinen Emotionen hinterm Berg und reichte ihm die Hand, wie es sich anscheinend für einen Mann seiner Klasse gehörte.

„Eric Cunningham, der Verlobte von Rachel. Wir werden heiraten. Freut mich, Sie endlich persönlich kennenzulernen."

Er ließ Worte, anstatt Taten sprechen, es wäre vermutlich weniger schmerzlich gewesen, er hätte ihm eine gescheuert.

Als er es laut aussprach, hasste ich ihn dafür, er wusste, was er tat. Und Liam, Liam hasste mich wahrscheinlich gerade dafür, dass ich es ihm verschwiegen hatte.

Während er ihm die Hand schüttelte, wich Liams Blick nicht von mir.

Im nächsten Augenblick wandte sich Eric mir zu. Er küsste mich, wie er mich selten vor anderen Personen küsste.

„Alles gut, Schatz?"

Er betonte „Schatz", als wolle er den Besitz, den er in Händen hielt, noch unterstreichen.

Er machte sein Territorium klar.

Liam musste es wortlos mitansehen.

Aus seiner Mimik konnte ich nichts außer Wut entnehmen. Ich hätte ihm gerne die Situation erklärt, ihm persönlich von meiner Verlobung erzählt, doch ich konnte nicht. Keine Ahnung wieso, doch mir war klar, es war ein Fehler gewesen.

„Eric, es hat mich gefreut, ich wünsche euch noch einen schönen Abend oder Morgen oder was auch immer."

Eric winkte Liam halbherzig zum Abschied, dann war er auch schon fast durch die Tür verschwunden.

Ich jedoch konnte es nicht dabei belassen und ging auf Liam zu. Wie so oft in meinem Leben.

„Ich wollte es dir erzählen."

„Ach was, und die letzten fünf Stunden hat es sich einfach nicht ergeben?!"

„Ja, ich wusste, wie du reagieren würdest, deshalb ..."

„Hast du eine Ahnung, wieso ich so reagiere? Hast du eine Ahnung?" Zischte er und versuchte, seine Stimme unter Kontrolle zu halten.

Eric war zwar inzwischen drinnen, aber Liam ging auf Nummer Sicher und führte das Gespräch leise fort.

„Was soll das alles? Wieso willst du ihn heiraten? Ich kapiere gerade nicht, was hier vorgeht."

„Er hat mich gefragt, und ich habe ‚ja' gesagt."
„Liebst du ihn?"
„Wie bitte? Ich glaube jetzt echt nicht, dass du mir diese Frage stellst."
„Ich möchte es einfach wissen."
„Natürlich." Kam es aus mir heraus, dabei schüttelte ich den Kopf, als wollte ich die Frage ungeschehen machen.
„Wenn das Liebe ist, was ist das dann zwischen uns? Weißt du, was ich sehe, wenn ich euch zwei betrachte? Zwei Menschen, die sich gut leiden können und ein zweckmäßiges Arrangement eingegangen sind, um für, sagen wir mal, die nächsten zehn, zwanzig Jahre zu überdauern. Aber von Liebe sehe ich nichts."
„Liam, vielleicht ist das das Leben, und die wirklich große Liebe triffst du, wenn du Glück hast, vielleicht einmal in deinem Leben. Und ich bin der Meinung, dass es vielleicht nicht jedem passieren kann."
„Ich glaube schon, nur muss man auch den Mut haben, danach zu greifen, und nicht den bequemen Weg gehen."
„Warum sagst du mir das alles genau jetzt? Genau dann, wenn es in meinem Leben zum ersten Mal bergauf geht."
„Weil es nur dich gibt!"
„Was?"
„Und du hast dich für ihn entschieden."
Langsam realisierte ich die gesprochenen Worte, deren Bedeutung mir erst allmählich nach und nach klar wurde.
„Liam, du hattest mich. Und du wolltest mich nicht."

„Ich wollte dich immer, aber ich hatte Angst. Wenn du ihn liebst, von ganzen Herzen – und zwar so, dass dir schlecht wird, wenn du ihn siehst, wenn du den ganzen Tag bloß an ihn denkst, dann will ich mich für dich freuen. In dem Fall werde ich dich gehen lassen. Wenn, ja wenn er dich glücklich macht, dann gehe zu ihm!"

An der Stelle hätte ich etwas sagen sollen, irgendetwas; doch ich konnte nicht. Mein Herz konnte nicht. Irgendwie hatte ich es geschafft, wieder halbwegs glücklich zu sein. Jetzt konnte ich nicht alles auf eine Karte setzen.

Elend lange Augenblicke, in denen keiner von uns etwas äußern konnte. Bis er den Blick als Erstes senkte und ging. Sein Blick wich nicht von der Straße, er setzte einen Fuß vor den anderen. So als hätte er einen Kampf verloren.

Irgendetwas in mir hielt mich davon ab, ihm nachzulaufen und ihm um den Hals zu fallen. Vielleicht war es der Stolz, der mich zurückhielt, oder die Tatsache dass ich einmal zu oft von ihm enttäuscht worden war.

Nein, diesmal blieb ich stark. Ich konnte meine Gefühle unterdrücken und begab mich zurück ins Haus.

Eric erwartete mich bereits im Schlafzimmer.

Meine Magenbeschwerden, mit denen ich schon seit Wochen zu kämpfen hatte, wurden immer schlimmer. Am nächsten Morgen übergab ich mich eine ganze halbe Stunde lang, bis mein Magen komplett leer war. Anfangs gab ich dem Alkohol die Schuld. Doch dann ließ ich den Abend Revue passieren und merkte, dass ich gar nicht so viel getrunken hatte.

Eric beschloss, mit mir den besten Arzt in der Stadt aufzusuchen. Das Wartezimmer war voll, und ich hasste es, zu warten. Die abgestandene Luft konnte man fast schneiden. Bei jedem Atemzug musste ich schlucken. Ich suchte nach einer Möglichkeit, um mich abzulenken, damit ich nicht schon wieder zur Toilette rannte. Die Zeitschriften waren alle vom letzten Jahr, die Ecken wölbten sich nach oben und klebten aneinander. Doch alles war mir in diesem Moment lieber, als auf die Uhr zu starren und zu warten, bis sich der Zeiger bewegte. Nach einer gefühlten Ewigkeit waren wir endlich an der Reihe.

Der Arzt, der aussah als würde er aus einer anderen Epoche entstammen, führte einige Untersuchungen durch, um am Ende festzustellen: „Herzlichen Glückwunsch, Sie sind in der 12. Woche schwanger." Er nuschelte es in seinen Bart hinein, blickte dabei unter seiner Brille hindurch.

Eric sprang auf, genau so, als hätten die Yankees ein Spiel gewonnen.

„Schwanger?"

„Rachel, wir bekommen ein Kind!"

Er umarmte mich, da wurde mir klar, dass ich nie bemerkt hatte, dass er Kinder wollte. Der Arzt und

Eric tätschelten sich gegenseitig die Schulter. Die Augen waren nun auf mich gerichtet.
Ich war noch dabei, die Ergebnisse zu verarbeiten. Doch ich spürte die Blicke, und als sie mich so anstarrten, erzwang ich mir schließlich ein Lächeln.
Im Auto dachte Eric schon über den Namen nach, dabei wussten wir noch nicht einmal das Geschlecht.
Mir ging das alles zu schnell, gestern war ich noch ein ganz normales Mädchen gewesen, die Verlobte eines Mannes. Heute wurde ich Mutter. Ich kurbelte die Scheibe des Wagens nach unten, um nach Luft zu schnappen.
Eric nahm meine Hand. Er sprach ohne Punkt und Komma weiter, er wirkte so glücklich. „Wenn wir wieder in New York sind, kaufen wir als Erstes ein Schlafzimmer für das Baby und einen Kinderwagen. Ich habe gehört, das dauert ewig, bis die geliefert werden."
„Ist es nicht ein wenig früh?"
„Lieber zu früh als zu spät."
„Was hältst du von einem Doppelnamen? Ich bin unbedingt für einen Doppelnamen, ich habe auch einen."
„Eric. Wir wissen noch nicht einmal, ob es ein Mädchen oder ein Junge wird."
„Jedenfalls habe ich gehört, man solle sich schon möglichst früh Gedanken über die richtige Schulausbildung machen. Gewisse Privatschulen haben endlos lange Wartelisten.
„Eric! Hörst du bitte auf! Hör auf, das Leben des Kindes zu planen. Es ist ein Mensch und kein neuer

Job, in den du deinen ganzen Ehrgeiz reinstecken kannst."

Er ließ meine Hand los, umfasste nun mit beiden Händen das Lenkrad. „Ich freue mich eben."

„Es tut mir leid, das ist gerade ziemlich viel für mich." Er stellte das Radio an, wollte die quälende Stille zwischen uns übertönen lassen.

„Wieso machst du das immer?"

„Was denn?"

„Können wir nicht darüber reden?"

„Ich will mich nicht streiten!"

„Ich will mich auch nicht streiten, aber das Radio anzumachen und den fürchterlichen Song anzuhören, bringt uns auch kein Stück weiter."

„Okay, sprich, Rachel!"

„Ich meine, ich habe in keinster Weise damit gerechnet, jetzt schon schwanger zu werden. Verstehst du? Mir geht das alles irgendwie zu schnell."

„Du kannst die Uni trotzdem beenden. Meine Mutter hat zwei Kinder großgezogen, während sie studiert hat."

„Um die Uni geht's mir nicht."

„Um was dann?"

„Um mein Leben? Keine Ahnung, ich hoffe, ich mache alles richtig."

„Was soll das heißen?"

„Ich meine, was ist, wenn New York vielleicht wirklich nichts für mich ist."

„Was?!"

Er bremste so ruckartig, dass ich mich am Armaturenbrett festhalten musste.

„Eric! Spinnst du! Willst du uns umbringen?"
Das Auto hinter uns hupte und raste an uns vorbei. Eric stellte den Motor aus und drehte das Radio leiser. Stille.
„Willst du das Baby nicht?"
„Doch!"
Aber ich weiß nicht, ob ich dich will.
„Na bitte, da hätten wir die Antwort." Er griff nach meiner Hand.
„Insofern hätten wir ja alles geklärt."
Ich starrte aus dem Fenster. Sah, wie sich die Wellen an den Klippen brachen.
„Vielleicht, vielleicht können wir ja hier in Irland bleiben?"
„Tz und was machen? Schafe züchten?!"
Er prustete los und klopfte sich auf den Schenkel, als hätte er den Spruch des Jahrhunderts herausposaunt.
„Bevor ich nach Irland auswandere, würde ich lieber nach Mexico gehen und Tequila-Gläser spülen. Dort scheint zumindest immer die Sonne."
Ich legte den Kopf schief und ließ ihn spüren, dass ich seine Sprüche in keiner Hinsicht witzig fand.
„Ja, glaube mir, das würde ich nur zu gerne sehen."
Er streichelte mir über den Schenkel, er merkte, dass er zu weit gegangen war. „Schatz, Irland ist einfach nicht mein Ding."
„Weil?"
„Weil ich etwas erreichen will. Ich komme aus einer ganz anderen Welt. Ich meine, in New York zu leben, ist einfach großartig, alle Türen stehen einem offen."
„Nicht jedem. Dir stehen alle Türen offen!"

„Dir auch! Willst du deine Eltern nicht stolz machen?"
„Was hat das jetzt mit meinen Eltern zu tun?"
Er sah weg, fasste sich ans Kinn und dachte wohl darüber nach, wie er meiner Frage aus dem Weg gehen könnte.
„Eric, was haben meine Eltern damit zu tun?"
„Sie haben mich gestern um ein Darlehen gebeten."
„Was? Wieso das denn?"
„Dein Vater ist nicht mehr wettbewerbsfähig. Es gibt zwei Möglichkeiten für ihn: Entweder er vergrößert und exportiert seine Produkte. Oder er kann seine kleine niedliche Schafzucht an den Nagel hängen."
„Eher würde er von den Klippen springen, als seine Schafzucht an den Nagel zu hängen."
„Schau Rachel, das ist Business. Er steckt mehr Kohle rein, als er dafür bekommt. Ich denke wirtschaftlich, und das sollte dein Vater langsam auch tun."
„Er liebt, was er tut. Rede nicht so darüber! Gut, er ist kein begnadeter Unternehmer, aber er mag nun mal seine Schafe und das alles."
„Ja, nur reicht es leider nicht, um zu überleben. Ich finde es ja ganz lieb, wenn du so naiv redest und glaubst, man wird in Zukunft davon leben können, tagelang rumzusitzen und den Schafen zuzusehen, während sie fressen und fetter werden."
„Keiner macht das!"
„Mach dir keine Sorgen, ich habe ihm ein Darlehen gegeben."
Ja, in der Rolle sah er sich gerne. Als Held. Gerne hätte ich gesagt, dass es nicht sein Geld sei, welches er verlieh, ausgab oder versoff.

„Wie viel Eier brauchst du, Mum?"
„Zehn! Nein, zwanzig, nimm gleich zwanzig mit!"
„Alles klar."
„Nimm das Geld aus der Schale!"
Damit meinte sie die Schale aus dem 17. Jahrhundert, gleich neben dem Telefon im Flur. Gut sie war nicht wirklich aus dem 17. Jahrhundert, sonst hätte ich sie schon längst in einem Antiquitätenladen verscherbelt und wäre mit dem Geld abgehauen. Aber sie war tatsächlich uralt und hässlich.

Mit dem Geld in der Hand schlug ich die Tür hinter mir zu. Ich glaube, sie schrie mir noch etwas nach wie „Grüß unsere Nachbarn von mir" und „Frag, ob es was Neues gibt". Doch die Tür war bereits geschlossen. Ich wechselte die Straßenseite.

Mit einem Korb unter dem Arm stand ich nur wenige Minuten später vor meinem Ziel: das Elternhaus von Liam. Dieses Haus wollte ich zwar so schnell nicht mehr betreten, aber was blieb mir anderes übrig, wenn meine Mutter ihren heißgeliebten Apfelkuchen backen wollte und ihr die Eier dafür ausgegangen waren.

Und wie sollte es anders sein, ausgerechnet Liam öffnete mir die Tür.

„Wir kaufen nichts."

Er schlug mir die Tür vor der Nase zu. Ein Scherz, den er jedes Mal machte.

Ich pochte mit dem Korb gegen die Tür. „Hey! Mach auf, ich brauche Eier!"

Er grinste, als er sie wieder öffnete.

„Eier? Du brauchst Eier?"

„Mum will backen."

„Ach wirklich?"
„Ja wirklich."
Er stemmte die Hand in die Hüfte, umfasste sein Kinn und tippte mit einem Finger darauf.
„Ich nehme an, den legendären Apfelkuchen?"
„Welchen sonst."
Ich schmollte mit zusammengekniffenen Lippen, unser letztes Gespräch war noch nicht verdaut.
Er winkte mich herein; wir gingen in den Hof.
In einer alten Stube war ein Kühlschrank, dort wurden die Eier gelagert. Er legte eines nach dem anderen in den Korb, keiner von uns sagte etwas.
Bis seine Mutter hereinkam und den „Mädchenbesuch" an der Tür ankündigte.
„Liam, ein Mädchen ist hier. Oh! Hallo Rachel!"
Ihr fiel fast der Kochlöffel aus der Hand, als sie mich erblickte.
„Wow! Wie hübsch du wieder aussiehst!"
„Hallo, schön, dich zu sehen!"
Ich umarmte sie, ich freute mich jedes Mal seine Mutter wiederzusehen. Sie ging mir bis zum Kinn, und ich drückte sie fest an mich. Als sie mich losließ, umfasste sie meine Taille und strahlte mich an.
„Wie ein Mannequin! Liam, findest du nicht?"
„Ich weiß zwar nicht, was das heißt, aber ja, sie ist bildschön."
„Na gut, ich lasse euch mal wieder alleine."
Liam beobachtete mich einen Moment lang, wie ich wohl reagieren würde.
Doch ich sah ihn nicht an, forderte ihn nur auf, weiter die Eier in den Korb zu legen. „Na los, beeil dich, du

willst doch deinen Besuch nicht warten lassen."
„Ich erwarte gar niemanden."
„Anscheinend erwartet dich jemand."
„Sie ist eine gute Freundin. Hin und wieder sehen wir uns."
„Aha, klingt vielversprechend. Ich glaube, es reicht."
„Was reicht?"
„Die Eier!" Ich nahm den Korb an mich und legte das Geld auf den Kühlschrank. „Soll ich den Hinterausgang nehmen?"
„Haha, Rachel."
„Nicht, dass sie noch glaubt, wir hätten was miteinander oder so. Oder deine Nachbarin, wir wollen sie doch nicht überfordern. Sie wird gar nicht mehr mit dem Zählen mitkommen."
„Da hast du recht, aber ihr Hausfreund ist ihr manchmal eine Hilfe dabei."
„Na dann!"
Wir gingen nebeneinander her, ich sah zu ihm hoch. Zu seinen Augen, zu seinem Kinn, seinen Lippen. Wie gerne würde ich sie jetzt küssen! Mich durch seine Haare wühlen.
„Was ist los?"
Ich erschrak für einen Moment, hoffte im nächsten, ich würde nicht rot werden.
„Nichts."
„Nach nichts sieht es aber nicht aus."
Er hielt an, zog mich an meiner Bluse zu sich heran.
„Erzähl, was ist los?"
Ich konnte jedem etwas vorspielen. Jedem etwas erzählen und es für den Moment auch selbst glauben,

außer ihm. Er durchschaute mich jedes Mal. Ich stand so dicht vor ihm, dass es mir schwer fiel, an etwas anderes außer an ihn zu denken.

„Weiß nicht, irgendwie verliere ich gerade die Kontrolle über mein Leben. Schätze ich."

„Was? Was heißt das?"

„Ach, keine Ahnung!"

„Na, komm! Was ist los?"

Da machte sich auf einmal das Mädchen im Flur bemerkbar. Anscheinend war sie schon etwas ungeduldig. Wir sahen uns beide an, wortlos bedeutete ich mit einer Geste, er könne gehen.

Doch er blieb und schrie bloß:„Roxy, ich komme gleich!"

Ich konnte ihm nicht sagen, dass ich ein Kind bekommen würde und mein Vater drauf und dran war, alles zu verlieren und er Eric um ein Darlehen bat.

„Reden wir ein anderes Mal. Okay?"

Er nickte und drückte mich zum Abschied fest an sich.

„Heeey, pass auf meine Eier auf!"

Ich hielt den Korb mit einer Hand in die Höhe, mit der anderen umfasste ich seinen Hals und atmete seinen Duft ein.

Er lachte laut.

Die nächsten Nächte schlief ich kaum. Nacht für Nacht schlich ich mich heimlich aus dem Bett. Erics Nähe war für mich momentan unerträglich.

Eines Abends, als ich im Badezimmer auf dem alten Teppich saß und die Decke anstarrte, als hätte sie mir eine Frage gestellt, ertappte er mich.

Eric kniete sich neben mich und streichelte meinen Arm. Er war so fürsorglich, dass mir in diesem Moment bewusst wurde, was für ein guter Vater er einmal sein würde.

„Rachel, was machst du denn hier am Boden?"

Mit leerem Blick und völlig tonlos sagte ich: „Es tut mir so leid."

„Was tut dir leid?"

„Ich kann nicht, es tut mir so leid."

„Das sind die Hormone. Komm wieder ins Bett!"

„Ich kann nicht."

„Komm, ich helfe dir auf."

Da brach es aus mir heraus, einfach so. „Nein! Ich liebe dich nicht."

Ich traute mich nicht, aufzusehen. Ich wusste, sein Blick würde nicht von mir weichen, bis ich weitersprach.

„Eric, ich liebe jemand anders." Schluchzend flehte ich: „Bitte, hasse mich nicht!"

Es verging eine kleine Ewigkeit, bis er erwiderte: „Ich hasse dich nicht."

Es war ein Funken Hoffnung, doch er sprach weiter: „Denn du bist die Mutter meines Kindes, und du wirst es mit mir großziehen. Du wirst eine gute Ehefrau und eine tolle Mutter sein. Ich werde dich nicht hassen. Ich werde dich lieben, bis an unser Lebensende. Das

versprech' ich dir!"
Es war kein Versprechen, es war eine Drohung.
Mein Blick war zwar mit Tränen verschleiert, doch ich sah klar. Ich sah, dass es ihm ernst war. Er würde mich nicht gehen lassen, nicht mit seinem Kind in mir.
„Was soll ich jetzt tun?"
„Mit mir gemeinsam leben!" Er kniete sich näher zu mir, so dicht, dass ich seinen warmen Atem spürte.
„Rachel, wenn du auch nur daran denkst, mir das Kind wegzunehmen, glaub mir: Das wird das Letzte sein, was du getan hast! Ich bin ein reicher Mann mit vielen Beziehungen, und du bist nichts dagegen. Also sei eine gute Ehefrau! Sei eine gute Mutter, die ihrem Kind etwas bieten wird, gib deinem Kind eine Zukunft!"
Meine Hand wanderte zu meinem Bauch, worin das ungeborene Geschöpf heranwuchs.
Ich spürte die unendliche Liebe, die ich zu diesem ungeborenen Wesen haben würde; eines stand außer Frage, ich liebte es jetzt schon.
„Verabschiede dich von deinen Eltern und ..." Es folgte eine lange Pause und ein vernichtender Blick, bevor er weitersprach, „ihm, dann fliegen wir zurück nach Hause. Nach New York, wo wir hingehören."
Der Türknall beendete das Gespräch.
Ich kroch Richtung Waschbecken. Stemmte mich hoch und ließ das Wasser laufen. Sammelte es in meinen Handflächen und befeuchtete mein Gesicht damit. Wieder und wieder. Mit dem Handtuch rieb ich es mir anschließend trocken, dabei setzte ich mich auf den Rand der Badewanne. Ein Blick aus dem Fenster verriet, dass es nun langsam Morgen wurde. Beim

genaueren Lauschen konnte ich wahrnehmen, dass meine Eltern bereits auf den Beinen waren. Ein weiterer Blick aus dem Fenster bestätigte es. Mein Vater war gerade dabei, die Schafe auf die Weide zu bringen. Im Normalfall würde dies bedeuten, dass genau zu diesem Zeitpunkt meine Mutter das Frühstück vorbereitete. Also tat ich das, was ich an einem normalen Morgen auch getan hätte, ich lächelte, ließ mir nichts anmerken und half ihr. Während ich Kaffee eingoss, durchbohrte mich Eric förmlich mit seinen Blicken. Doch ich wich ihm aus. Da kam es aus ihm heraus, ohne jegliche Vorwarnung. Ohne vorher mit mir gesprochen zu haben.

„Wir bekommen ein Baby!"

Die frohe Botschaft platzte aus ihm heraus wie eine Bombe. Es wurde leise, nichts außer dem Tropfen des Wasserhahns in der Küche konnte man hören.

Meine Mutter rang sichtlich nach Worten. Sie stand auf, hielt sich beide Hände vor das Gesicht. In der nächsten Sekunde schlug sie meinen Vater auf die Schulter. Der daraufhin fast an seinem Tee erstickt wäre. Und natürlich musste sie weinen. Sie stürmte auf mich zu und umarmte mich. Ich erwiderte die Umarmung etwas unbeholfen. Mein Vater hingegen, nahm es auf, wie er eben immer persönliche Ereignisse aufnahm. Er räusperte sich, versuchte, zu lächeln, was etwas unbeholfen aussah, und klatschte mir dreimal auf die Schulter. Dreimal! Für meinen Vater eine überaus herzliche Geste. Für gewöhnlich bekam man nur einen Schulterklopfer. Dreimal schien in diesem Moment schon etwas Besonderes zu sein.

Alle zwei Minuten blickte ich auf die Uhr, während ich im Zimmer auf- und abtigerte.

Ich setzte mich schließlich auf die Bettkante, atmete noch einmal tief ein und wählte seine Nummer.

Er ging beim zweiten Mal ran. „Ja?"

„Liam, ich bin es, Rachel."

Stille, bloß sein Atem war zu hören.

„Hör zu, ich habe über unser letztes Gespräch nachgedacht. Wir sollten wirklich reden."

„Okay, ich bin ganz Ohr."

„Nein nicht so. Treffen wir uns am Strand? In einer Stunde?"

„Ist etwas passiert?"

„Nein! Neiiiiin, neein."

Das dritte Nein hätte ich mir sparen können. Ich rollte die Augen, als ich merkte, wie lächerlich ich mich anhörte.

Ich wollte sicher gehen, dass uns keiner unterbrechen oder stören würde, deshalb hatte ich diesen vertrauten Ort gewählt, an dem so vieles schon passiert war.

Als er kam, sah er glücklich aus. Er parkte seinen verbeulten Wagen; ich warf einen letzten Blick auf meine Uhr. Ich hatte vier Stunden Zeit, dann würde mich Eric abholen kommen. Nervös verlagerte ich meine Gewicht von einem Bein auf das andere. Biss mir auf die Lippen und versuchte, dennoch cool zu wirken.
Er hatte die alte Picknickdecke dabei. Das alte Teil hatten wir schon benutzt, als wir noch klein waren. Als wir es für wichtiger hielten, das Meer zu beobachten, als die Schulbank zu drücken.

Für die ersten Stunden beließ ich es dabei; wir waren in diesen Momenten einfach nur glücklich.
Wir lagen auf der Picknickdecke, die ein wenig nach Motten roch und auch schon das ein oder andere Loch aufwies. Ich ließ den Sand zwischen meine Finger gleiten und beobachtete die Wolken.
„Hey! Schläfst du?"
„Nein, ich entspanne bloß meine Augen."
„Liam, nicht einschlafen."
„Mache, ich nicht. Versprochen."
„Liam?"
„Ja?"
„Erzähl mir von deinen Plänen!"
„Von meinen Plänen? Wie das klingt."
Ich stützte mich auf meinen Ellbogen und sah ihn an, als würde ich auf die größte Geschichte aller Zeiten warten.
Er lag gerade da, mit gefalteten Händen, der Blick auf den Himmel gerichtet.

„Okay, du willst es also wissen, ja?"
Er spielte mit und tat so als würde er gerade das ultimative Geheimnis verraten.
„Ich werde nun auch in die Schafzucht einsteigen, ich wage den Sprung in die Selbstständigkeit. Ich möchte aber nicht nur Milch anbieten, ich möchte irgendwann auch selber Käse machen, Joghurt und Butter. Keine Ahnung, ich möchte es richtig lernen und gut machen. Verstehst du?"
Er sah zu mir, vergewisserte sich, ob ich ihm zuhörte.
„Liam. Ich gratuliere dir."
Ich stupste ihm in die Rippen und grinste dabei.
Das Funkeln in seinen Augen war nicht zu übersehen. Verlegen sah er weg, aber sein Lächeln konnte er nicht vor mir verbergen. „Ja, mal sehen, wie es wirklich wird. Umziehen werde ich wahrscheinlich auch bald. Du kennst das Haus sogar, es hat mal meinem Onkel gehört. Er hat es mir quasi vererbt. Er ist ja letzten Sommer nach Italien ausgewandert."
„Ja, das hast du mir erzählt. Ich hätte aber nicht gedacht, dass du es wirklich machst."
Ich setzte mich auf, der Wind wirbelte meine Haare nach hinten, ich blinzelte mir den Sand aus den Augen.
„Was ist?"
„Nichts."
Ich sah zu ihm.
Dann zog er mich wieder auf die Decke.
„Erzähl weiter!", flüsterte ich.
Während ich seinen Worten folgte, schloss ich die Augen und sah mich an seiner Seite. Irgendwann, als er nichts mehr zu erzählen hatte, legte er seinen Arm

um mich. Wir sahen uns für einen Moment an, ich legte meinen Kopf an seine Schulter, und er drückte mich fester an sich.
„Wann kommst du wieder?"
„Keine Ahnung!"
„Komm bald wieder, ja? Dann kann ich dir das Haus zeigen."
Ich schwieg, denn vielleicht hätte es verraten, dass mir in dem Moment die Tränen in den Augen standen. Oder verraten, dass mir ein Kloß im Hals steckte. Bei dem Versuch, zu sprechen könnte ich die Tränen wahrscheinlich nicht vermeiden. Daher nickte ich stumm. Nach einer ganzen Weile öffnete ich wieder die Augen und wurde von hier auf gleich in die Realität katapultiert.
Ich richtete mich auf, versuchte, ein bisschen Abstand zu gewinnen. Suchte dabei nach dem richtigen Anfang, nach den richtigen Worten. Aber vermutlich gab es die nicht.
Das Rauschen des Meeres war zu hören. Woraufhin ich dachte: Der Atlantik wird bald das Einzige sein, was uns verbindet.
Jetzt war es an der Zeit.
„Weißt du ..." Ich versuchte, die Situation zu erklären; dabei presste ich die Augen fest zusammen und lächelte verbissen. In der Hoffnung, dass er dann auch lächeln würde. Und es funktionierte. Für den ersten Moment.
„Ja?"
„Liam, hör zu!"
„Was machst du für ein ernstes Gesicht?"
„Als ich dich heute hergebeten habe, war es nicht der

letzte Versuch, um zu sehen, ob das zwischen uns was Besonderes ist. Denn davon bin ich überzeugt. Jede Faser in meinem Körper ist davon überzeugt, dass uns irgendetwas verbindet, das wir nicht erklären können."
Er kam näher, doch ich hielt ihn auf Abstand.
„Und weißt du noch, als du zu mir gesagt hast, ich solle mein Leben nicht planen, denn es passiere einfach?"
Er nickte, jegliche Fröhlichkeit flüchtete aus seinem Gesicht.
Ich rang nach Worten, räusperte mich, wollte stark und entschlossen wirken. Nahm seinen Arm, um mich daran oder an irgendetwas festzuhalten.
„Danke dafür, dass du mein bester Freund warst und ständig nur das Beste für mich wolltest. Danke dafür, dass du mich im Kindergarten vor den anderen Kindern gerettet hast."
Dabei musste ich schmunzeln, ich sah die Bilder vor mir, als wäre es gestern gewesen, dann sprach ich weiter: „Danke dafür, dass du mich im Schulhof immer zu den coolen Jungs geholt hast und mir all die coolen Dinge beigebracht hast, die ich wohl nie brauchen werde, aber unbedingt lernen wollte. Und danke dafür, dass du immer da warst, immer dann, wenn ich dich gebraucht habe."
In diesem Augenblick waren Worte überflüssig.
Worte hätten nicht erzählt, was zwischen uns war.
Worte hätten all das nicht beschreiben können.
Seine Hand ließ meine los, und ich sah wieder auf das Meer.
„Du hast dich also entschieden? Hmm?"
Kopfschüttelnd blickte ich wieder in seine Richtung.

„Was ist los? Sag mir bitte, was los ist?" Nahezu flehend klangen die Worte aus seinem Mund.

„Rachel, nicht weinen. Ich kann jeden weinen sehen außer dich."

„Ich werde Mama. Wir sind nun eine kleine Familie."

Für weitere Worte fehlte mir in dem Moment die Kraft, dann sah ich auf. In ein Gesicht, es war, als wäre er in diesem Moment um Jahre gealtert.

Der Wind wurde wieder stärker; ich konnte mein Herz in der Kehle schlagen hören.

Er hielt die Arme offen. Ein Lächeln, ein Lächeln, das von Herzen kam. Er umarmte mich, drückte mich fest an sich und gab mir einen Kuss auf die Wange. Für einige Minuten standen wir einfach nur da und hielten uns in den Armen. Das schönste und zugleich traurigste Gefühl, was mich je durchflutete.

Er löste sich aus der Umarmung, trat einen Schritt zurück, nahm mein Hände und betrachtete mich, als wäre ich ein Wunder.

Seine Augen wurden sanft; seine schmalen Lippen formten ein aufrichtiges Lächeln.

„Und du wirst eine verdammt gute Mutter sein, das weiß ich. Das bist du doch jetzt schon. Und irgendwann …"

Er nahm meine beiden Hände und drückte sie fest.

„Und irgendwann sehen wir uns wieder, du wirst schon sehen. Jetzt bist du erst mal Mutter, aber später, später sehen wir uns wieder."

„Es hätte gereicht, Liam."

„Ich weiß, ich weiß."

Es fiel mir schwer, zu atmen.

Er versuchte, mich zu trösten; strich mir über die Haare, hielt mich fest in den Armen, auch er hatte Tränen in den Augen. Wollte sie mir aber nicht zeigen, sah über meinen Kopf hinweg und drückte mich noch einmal fest an sich. Jeden seiner Gesichtszüge, jeden seiner Makel, seine Mimik wollte ich mir einprägen. Ich wollte sie nie vergessen. Und ich hoffte aus tiefstem Herzen, wir würden Freunde bleiben.
Als ich die Augen wieder öffnete, entdeckte ich Eric in einem Wagen an der Straße.
Er beobachtete uns. Eric war gekommen, um mich in mein neues Leben zu bringen.
Ich kann mich nicht mehr erinnern, wie ich Liam verabschiedete. Es geschah irgendwie alles wie in Trance. Ich setzte einen Fuß vor den anderen, blickte steif auf den Wagen, in dem Eric saß. Erst an die Fahrt zum Flughafen kann ich mich wieder erinnern.
Eric und ich sprachen kein einziges Wort miteinander. Rückblickend wusste ich, wie sehr ich Eric in diesem Moment verletzt haben musste. Und dabei wollte ich ihm niemals wehtun, er war ein guter, anständiger Kerl. Es war eine großzügige Geste von ihm, mich von Liam verabschieden zu lassen. Jedoch sprachen wir nie über diesen Tag. Ebenso erwähnten weder er noch ich Liam.
Doch für mich war er allgegenwärtig. Die ganzen Jahre war er da. Ein Teil von mir blieb in Irland, ein sehr großer Teil.

Die nächsten Tage schien ich daran zu zerbrechen. Mein Zustand verschlechterte sich; ich bekam leichte

Beruhigungsmittel. Ich ließ es so aussehen, als wären es die Hormone und nicht mein gebrochenes Herz, welches mich in die Knie zwang.

Kapitel 5

Jänner 1989

Die Universität und die Bibliothek waren Orte der Zuflucht, hier blieb ich meistens länger als nötig. Nicht immer las ich die Bücher, die ich für das Studium lesen sollte. Häufig verlor ich mich in Romanen. Am Tag verbrachte ich viele Stunden im Park; die frische Luft tat mir gut. Abends ging ich oft spät alleine durch die Straßen, lauschte den Straßenkünstlern und wollte am liebsten in der Stadt versinken. Wie an jedem Abend kam ich erst spät in die Wohnung zurück.
Eric wartete bereits auf mich.
„Wo warst du so lange?"
„In der Uni?"
„Wie lange willst du eigentlich noch dort hingehen? Du solltest dir Ruhe gönnen."
„Das macht mir nichts aus, ich bin ja schließlich nicht krank."
„Hast du die Einladungen schon verschickt?"
„Für unsere Hochzeit?"
„Nein, für die Geburtstagsparty unseres Hausmeisters. Natürlich die für unsere Hochzeit!"
Ich nickte stumm und öffnete den Kühlschrank.
„Ich dachte, du gehst einkaufen?"
„Ich hatte keine Zeit, ich bin heute Andre Dorren über den Weg gelaufen. Du kennst ihn, er war bei dem Cocktailempfang letzten Samstag. Na jedenfalls hat er mir eine tolle Geschäftsidee vorgestellt."
Meine Hand wanderte zu den Schläfen, dabei schenkte

ich mir ein Glas Wasser ein.

„Wirklich? Schon wieder?"

„Was schon wieder? Was heißt, schon wieder? Diese Sache hat echt Potenzial."

„Nicht wie die Letzte?"

„Möchtest du mir irgendetwas mitteilen?"

„Ich meine ja nur, du hast wirklich viele gute Ideen. Also du und Andre ..."

„Deine unterschwelligen Bemerkungen kannst du dir sparen."

„Dann verschone mich bitte mit deinen guten Ideen!"

„Du hast ja keine Ahnung, diese hier hat wirklich eine Chance."

Er kam auf mich mit einem Stapel von Papieren zu und war wieder mal wie ein kleines Kind. Euphorisch berichtete er mir davon.

„Rachel? Rachel, hörst du mir eigentlich zu?"

„Hmm? Ja. Entschuldige, ich war gerade bei den Einladungen."

„Ja, was ist mit den Einladungen? Du hast doch alles erledigt."

„Ich dachte nur eben nach, ob ich auch ja keinen vergessen habe."

„Bestimmt nicht, Hauptsache, wir zwei sind anwesend."

„Komm her, Schatz!" Er nahm mich in den Arm, streichelte meinen Rücken. Dabei schweifte mein Blick aus dem großen Fenster, das bis zum Fußboden reichte und einen Ausblick auf die Skyline von New York erlaubte.

„Entschuldigung, ich muss kurz ins Badezimmer."

Ruckartig befreite ich mich aus seiner Umarmung, die mir irgendwie die Luft zum Atmen raubte.

„Gibt es einen speziellen Grund für deine Distanz zu mir? Oder ist es schlichtweg meine Nähe, die du nicht erträgst? Und zwar seit Monaten!"

Ich blieb auf halbem Weg stehen, blickte über die Schulter, während ich klanglos wiedergab: „Ich bin einfach bloß müde."

Eric strich sich über sein Haar, wandte den Blick von mir ab.

„Du bist in letzter Zeit dauernd müde."

„Eric! Ich will mich jetzt echt nicht mit dir streiten!"

„Ach, bevor ich's vergesse, vielleicht schaffst du es diese Woche, meine Mutter zurückzurufen."

„Was will sie?"

„Das kannst du sie gerne selber fragen. Ich glaube, es geht um dein Brautkleid oder die Hochzeitstorte oder irgendeinen anderen Schwachsinn."

„Schön, dass du unsere Hochzeit als einen Schwachsinn bezeichnest!"

„Drehe mir jetzt nicht die Wörter im Mund um!"

„Schrei mich nicht an!"

„Wolltest du nicht ins Badezimmer verschwinden?!"

„Ich fasse es nicht, dass du so mit mir redest!"

„Und ich fasse nicht, dass du noch immer mit ihm telefonierst!"

„Was?"

„Glaubst du, ich bin bescheuert?

„Oh wow und weiter?" Ich klatschte Beifall, bevor ich weitersprach. „Er ist ein guter Freund. Ich habe hier leider keine Freunde, er ist der einzige Mensch, mit dem ich sprechen kann."

„Dann such dir Freunde!"

„Ja genau, weil man gute Freunde ja an jeder Ecke in New York findet. Du kapierst es einfach nicht."

Er ging zum Kühlschrank der Hochglanzedelstahlküche, öffnete eine Flasche Wein und goss sich ein Glas ein. Sah es an, und als er sprach, war es so, als würde er mit dem Weinglas sprechen.

„Rachel, wenn du ihn noch einmal anrufst!"

Sein Gesicht wurde annähernd so rot wie der Wein. Er umfasste den Stiel des Glases so fest, dass ich fürchtete, er breche es in zwei Teile.

„Was?"

„Ich schwöre dir, spiele nicht mit mir!"

„Was willst du von mir? Ich bin doch hier, hier bei dir."

Die Situation war ernst, ich versuchte, leise mit ihm weiterzusprechen, er erschien mir in diesem Moment unberechenbar, und ich hatte Angst. Also ging ich auf ihn zu, legte meine Arme auf seine Schulter und umfasste sein Kinn mit einer Hand. „Lass uns nicht streiten, ja?"

„Ich liebe dich, Rachel." Er sagte es so, als wäre dies die Entschuldigung für sein Verhalten.

Mai 1989

Es war Frühling, es war warm, und ich passte gerade noch so in mein Brautkleid. Der Tag war nicht so, wie ich ihn mir vorgestellt hatte, um es milde auszudrücken. In dem Raum, in dem ich mich befand, waren alles fremde Menschen. Ich wurde von meiner Familie abgeschottet. Eine Horde voller Stylisten, Friseure und Visagisten kümmerten sich um mich. Die Zeremonie sollte im Plaza stattfinden. Das war der Hotspot für Trauungen und hatte so gar nichts mit mir zu tun, aber Eric wollte es so. Es war der Ort, an dem wir das erste Mal miteinander ausgegangen waren.
Ich musste einen Moment für mich sein und verließ den Raum voller Leute, die ich nicht kannte. Ich nahm eine Wolldecke mit, um mich vor den Blicken der Passanten zu schützen. Ich brauchte kurz Zeit für mich, es führte mich auf eine Parkbank, unweit vom Plaza entfernt. Für die nächsten Minuten beobachtete ich, wie sich die Japanischen Kirschblüten von den Zweigen verabschiedeten. Die ganze Allee war mit den Blüten gepflastert. Und da fiel mir ein Mann auf, der sich mit der Menschentraube näherte. Ein Mann, der auf einen Zettel starrte, abwechselnd in einen Reiseführer und nebenbei hektisch versuchte, die Hausnummern zu entziffern. Er sammelte verächtliche Blicke von den Leuten, von all jenen, denen er im Weg stand. Mir versetzte es einen Stich; ich verließ die Parkbank im selben Moment, sodass ich nur wenige Meter vor ihm stand.
Er war genauso überrascht wie ich. Schließlich lächelte

er über das ganze Gesicht.
„Liam?"
Er streckte die Arme in die Luft und rief: „Ich bin in New York, verdammte Scheiße, ich bin in New York!"
Ich lief geradewegs auf ihn zu.
Behutsam hob er mich hoch. Er wirbelte mich langsam mitten auf dem gut besuchten Gehweg herum, inmitten der
Menschenmassen, die nur wenig erfreut über den vielen Tüll und die Seide in ihren Gesichtern waren. Aber uns war das egal. Wir waren glücklich.
„Was machst du hier?"
„Ich habe gehört, mein Mädchen heiratet heute."
Mein Gesicht wurde wieder ernst, als hätte ich beinahe meine eigene Hochzeit vergessen.
„Ja, ich heirate.
Und du bist extra von Irland hierher geflogen?"
„Glaubst du im Ernst, ich würde mir den einen großen Tag meines Mädchens entgehen lassen?"
„Nein, du hast noch nie eine gute Party sausen lassen. Komm, lass dich ansehen!"
Sein schwarzer Anzug war ihm wie auf den Leib geschneidert. Er sah noch besser aus, als ich ihn in Erinnerung hatte. In der Aufmachung würde man ihn von den Wall Street-Typen nicht unterscheiden können. Nichts wies daraufhin, dass er noch nie zuvor in New York gewesen war. Außer dem Reiseführer und der Karte, aber die ließ er galant in seinem Innenteil des Anzugs verschwinden.
„Und was machst du hier draußen? Hier steigt doch nicht die Party oder?"

„Ich brauchte ein wenig Zeit für mich, musste mal kurz nachdenken."

„Na, hast du es dir so vorgestellt?"

Ich zögerte kurz, dann erwiderte ich: „Ja." Weil man es erwartete und ich es für einfacher hielt, in diesem Moment einfach zu lügen.

Doch seine Augen verrieten, dass er es nicht glauben würde, genauso wenig, wie ich mir selbst glauben konnte. Wir beließen es bei dieser Lüge, damit ich zumindest das Gefühl hatte, es laut ausgesprochen zu haben, dass es das war, was mich glücklich machen würde. Danach begleitete mich Liam zurück in dem Raum, wo die Horde schon auf mich wartete.

Als ich durch die Tür kam, war sichtlich Erleichterung in ihren Gesichtern zu erkennen.

Im nächsten Moment erblickten sie Liam. Die Erleichterung wurde durch Verwunderung ersetzt.

Die Verwunderung hielt nicht lange an; im Zentrum ihrer Aufmerksamkeit stand nun wieder ich. Ich bekam Locken, rote Lippen, und schwarzer Kajal umrandete meine Augen. Ich sah in den Spiegel. Da entdeckte ich neben meinem Gesicht Liams Gesicht, und ich lächelte ihn an.

Er lächelte zurück, was mich sofort an die Zeit in Irland erinnerte.

„So fertig, wieder mal eine wunderhübsche Braut", war von der Frau mit dem Mascara in der Hand zu hören.

Doch mein Blick war noch an Liam gefesselt.

Ich erhob mich vom Hocker, drehte mich zu ihm: „Bin ich hübsch?"

Er sagte kein Wort, er lächelte bloß wie versteinert.
„Liam? Bin ich hübsch?"
Er war mit den Gedanken ganz woanders.
„Wunderschön."
Jetzt konnte ich nicht mehr lächeln. Ich wusste nicht, wieso, aber ich wurde unendlich traurig.
Meine Hand streichelte meinen Bauch, und ich konnte mein Kind spüren.
In dem Augenblick kam mein Vater durch die Tür, als er sie öffnete, war bereits Musik zu hören.
Sie spielten nicht irgendein Lied, sie spielten Erics Lieblingslied.
Er liebte klassische Musik; als ich diese Musik hörte, dachte ich, nichts von all dem hätte etwas mit mir zu tun. Die Tür fiel zu; die Musik war nur mehr ganz leise wahrzunehmen.
Noch ein tiefer Atemzug, ein letzter Blick zu Liam.
Er nickte mir aufmunternd zu und setzte sich wieder auf den Stuhl.
„Gehen wir, mein Kind?"
Ich wollte laut schreien, um Hilfe schreien, doch meine Stimme verstummte, als ich an mein ungeborenes Kind dachte.
Wortlos reichte ich meinem Vater meine Hand, den Blick noch immer auf Liam gerichtet.
Er wich meinem Blick aus.
„Warte, Rachel!"
Mein Vater schaute ihn argwöhnisch an.
Ich ging einen Schritt auf ihn zu. „Ja?"
Er stand auf, wischte sich über die Hose seines Anzugs und lächelte. „Warte, warte, ich muss ein Foto machen.

Habe ich mir gekauft." Er hielt stolz den Fotoapparat hoch und fügte hinzu: „Du kennst ja meine Mutter, die will immer alles ganz genau wissen, und du bekommst auch einen Abzug." Er sah durch den Apparat: „Na bereit?"
Wir nickten steif und lächelten.
„Ein bisschen freundlicher, jetzt sagen wir alle mal ‚Cheeeeeeeeese.'" Er drückte auf den Auslöser.
„Und jetzt eines mit euch dreien", befahl uns die Dame, die für meine Frisur verantwortlich gewesen war.
Liam und ich sahen uns an, kurz darauf stand er neben mir. Hielt den rechten Arm über meine Schulter und zwinkerte mir aufmunternd zu, woraufhin ich lächelte. Also erschufen wir einen Moment des scheinbaren Glücks, der anderen einmal den Eindruck vermitteln würde, wir wären glücklich gewesen.
Da erblickte ich meinen Vater und all die anderen Menschen, die mir kühl und abwesend vorkamen. Ich wusste, jetzt musste ich gehen.
Der Weg bis zum Altar kam mir unendlich vor, bis ich den Rücken von Eric sah.
Die Gäste erhoben sich von ihren Bänken und schauten zu mir. Wir schritten nach vorne.
Ich schaute zur Decke, zur Seite. Es war wunderschön und sehr elegant dekoriert: Bänder mit einer Farbnuance zwischen Creme und Weiß, dazu weiße Rosen und tausend Kerzen. Es war perfekt, wunderschön und perfekt – für jeden anderen, außer für mich. Auf meiner Hochzeit wären es nicht Rosen, die den Raum füllen würden.
Vorne angelangt, drehte ich mich noch einmal um.

Hinten in der Ecke stand Liam, er war weit von den geladenen Gäste neben der Tür entfernt. Aber er war da, er war hier bei mir.
Irgendwann spähte ich wieder über die Schulter, um mich zu vergewissern, dass er noch da war. Doch da war er weg. Er war weg, und ich war alleine – hier in diesem Raum, unter diesen Menschen, auf einer fremden Hochzeit.

Kapitel 6

Wenige Wochen später, am 01. Juni 1989, brachte ich unser Kind auf die Welt: ein Mädchen, Kayla Lyne. Sie war wunderschön und gesund. Wenn ihre kleinen Finger nach meinen griffen, war es einfach das Größte für mich. Ich schaffe es nicht, das Gefühl zu beschreiben, wenn dein Kind das erste Mal auf deiner Brust liegt und du schlichtweg überwältigt bist. Es war mehr, als ich mir vorstellen konnte. Sie war mein Leben. Von diesem Zeitpunkt an, nahm ich mir fest vor, eine gute Mutter zu sein.

Doch erst später musste ich mir eingestehen, dass etwas in meinem Leben schief lief. Ich flüchtete mich von meiner Ehe in das Studium. Tag und Nacht. Neben dem Muttersein versuchte ich, irgendwie mein Wirtschaftsstudium abzuschließen. Es folgte mein erster Job in einem großen Hotel in New York, nur wenige Wochen nach der Geburt. Dieses „Praktikum" sollte der Grundstein für meine weitere Karriere werden. Jedoch brachte mich der Job als Resident Hotel Manager fast an meine Grenzen, aber aufzugeben war keine Alternative. Die Stelle hatte mir Eric verschafft, er und seine „Immobilien"-Familie hatten Kontakte zu fast jedem in New York. Anders wäre es niemals möglich gewesen, so einen Job zu ergattern.

Mein Chef war hingegen von ersten Tag an von mir begeistert. Er hatte Vertrauen zu mir. Und ich wollte eine Chance, um wahrgenommen zu werden. Er gab sie mir, ungeachtet von meinen Beziehungen sah er etwas in mir. Das schätzte ich sehr. Ihn störte es nicht,

dass ich keinen tollen Lebenslauf vorzuweisen hatte. Und ich lernte, ich lernte sehr viel von ihm.
Bis ich eines Tages lernen sollte, was die Folgen für meine Tochter waren.
Der Punkt, an dem ich hätte kapitulieren sollen, die weiße Fahne schwingen. Doch ich suchte nach Möglichkeiten und einer vermeintlichen Lösung. Nervös ging ich im Wohnzimmer auf und ab. Kayla lag in meinem Arm und schlief. Ich wechselte meinen Blick von Eric zu ihr. Eric war gerade dabei, über den Sportteil der New York Times zu philosophieren.
Bis ich ihn unterbrach: „Eric ich kann nicht mehr so tun, als wäre nichts, als wolle ich das alles hier."
„Was?"
„Na das hier?"
„Was willst du?"
Er glotzte mich an, als hätte ich den Verstand verloren, dabei lockerte er die Krawatte und nahm einen Schluck von seinem Espresso. Er blätterte weiter durch die Times und legte die Beine auf die Couch.
„Keine Ahnung, aber nicht das, was wir haben. Die Stadt, der Lärm, ich halte das nicht aus. Ich will meine Tochter im Freien spielen sehen, im Grünen, ich …"
„Wir haben jetzt das Kindermädchen, Maria, sie unterstützt dich doch oder?"
„Ja, sie ist großartig. Das ist es gar nicht. Es ist, es ist … Weißt du, ich hatte eine so schöne Kindheit, im Freien, und ich konnte mit anderen Kindern spielen. Draußen."
„Was ist passiert, Rachel? Ich dachte, du magst New York?

Ich dachte, du willst Karriere machen?
„Das ist es nicht."
„Was dann?"
Ich schlenderte zur Glasfront, legte Kayla in ihre Wiege zurück und richtete den Blick auf die Skyline. Eine Hand in die Hüfte gestemmt, mit der anderen umfasste ich die Goldkette meiner Mutter. „Als ich heute heimkam und zu ihr ging, erkannte sie mich nicht."
„Wer Kayla?"
„Ja, unsere Tochter, sie erkannte mich nicht!"
„Na und, sie ist erst ein halbes Jahr alt, das kann passieren. Du warst fünf Tage weg."
„Na und? Ist das dein Ernst? Nein, so etwas darf nicht passieren."
„Und was willst du jetzt machen?"
„Ich will raus aus dieser Stadt, weg von hier."
„Ist das dein Ernst?"
„Ja. Mein voller Ernst!"
„Weil ein Umzug die Lösung ist?!"
„Du hast gesagt wir ziehen einmal in ein Haus. Du hast es gesagt. Und worauf sollen wir warten? Worauf?"
Jetzt legte er die Zeitung beiseite und musterte mich: „Gut, dann ziehen wir eben aufs Land, wenn es das ist, was du willst."
Gedankenverloren nickte ich und fügte heftig hinzu: „Ja, ja, das will ich."

„Ein Familientraum", dies war der Titel der Immobilienanzeige.
Die Annonce klang vielversprechend.
Der Makler, James Burning, begrüßte uns mit seinem frisch gebleichten Gebiss und einem weißen Leinenanzug. Dazu hatte er einen albernen Strohhut auf. Vielleicht wollte er außergewöhnlich und locker wirken. Ich hatte jedoch eher den Eindruck, als hätten wir seinen Karibikurlaub unterbrochen. Er begrüßte jeden von uns mit einem heftigen Händeschütteln, so heftig, dass ich fürchtete, er würde mir meine Finger brechen. Und für Kayla nahm er sich auch Zeit. Er kniff in ihre dicken Wangen und plapperte in Babysprache mit ihr: „Ja, wer bist du denn?"
Ihre Antwort war ein ohrenbetäubendes Schreien. Sie mochte keine fremden Menschen. Außer Maria, dem Kindermädchen mit dem süßen Akzent. Kayla hatte Maria vom ersten Tag an in ihr Herz geschlossen. Und wenn ich ehrlich bin, störte es mich zunächst, dass sie so vertraut miteinander waren, während sie weinte, sobald ich sie in den Arm nahm. Jetzt suchten ihre kleinen runden Augen Maria. Sie tröstete und beruhigte sie schließlich.
Eine große Auffahrt mit Kies empfing uns. In der Mitte stand ein Brunnen.
Mr. Burning steckte die Hände in seine Hosensäckel, räusperte sich und pries das Objekt an: „Willkommen in ihrem neuen Heim. Ein Stein-Herrenhaus wie kein anderes, das verspreche ich Ihnen. Mit rund 2.700 Quadratmeter Wohnfläche breitet es sich majestätisch auf dem 4,7 Hektar großen Grundstück aus. Sehr

privat, opulent und fehlerfrei gebaut."
Eric klopfte wie auf Stichwort gegen die Mauer. Als würde er damit das Gesagte bestätigen.
„Dieses Anwesen verfügt über Zimmer in Bankettgröße, alle mit begehbaren Kleiderschränken. Böden aus seltenen Hölzern sowie Stein und Marmor in fast allen Zimmern. Und für alle sportlichen Bedürfnisse ...", er drehte sich zur Seite, „hier drüben sehen wir ein schönes Hallenbad; den Pool draußen haben Sie sicher auch schon bemerkt."
Wir waren nun am Ende des frisch polierten weißen Marmorflurs angelangt, eine Galerie mit geschätzt 3.000 Büchern befand sich ein Stockwerk über uns. Kaum zu glauben, dass bloß eine Familie in diesem Anwesen leben sollte.
„Der Hof verfügt über zahlreiche Parkplätze, die Garage bietet Platz für vier Autos."
„Gefällt es dir?"
„Ich finde es ganz nett."
„Nett? Rachel? Ein Gartenhaus in Irland mag ja ganz nett sein. Das hier ist ein Schloss."
„Wir wollen mal nicht übertreiben! Wie sieht es eigentlich mit Schulen oder Kindergärten in der Umgebung aus?"
Er hätte auch Moderator werden können, dachte ich, als ich Mr. Burning beim Sprechen beobachtete. Er könnte das Wetter ansagen, die gleichen Bewegungen hatte er schon drauf.
„Nicht weit von hier befinden sich ein Privatkindergarten und eine Privatschule. Jedoch sind wir ja nicht weit von Manhattan entfernt, also käme eine

Schule für Ihre bezaubernde Tochter in Manhattan sicher auch infrage."

Ich ging weiter zur Terrasse; die Tür stand offen.

Maria, unser Kindermädchen, hatte Kayla auf dem Arm.

Ich ging auf sie zu. „Maria, was sagst du? Gefällt es dir hier?"

„Sehr schön, so schön, gar nicht wissen, was ich sagen soll."

„Na los, suchen Sie sich ein Zimmer aus!"

„Was? Ich dürfen aussuchen?"

Ein Nicken, ihr Akzent war hinreißend, und ich fühlte mich gut, wenn sie lächelte.

Also zogen wir nach New Jersey.

Eric war auf Geschäftsreisen, ich managte alles von zu Hause aus. Die von Anfang an zum Scheitern verurteilte Ehe hatte weitere Risse bekommen. Also tat ich das, was ich in diesem Moment für richtig hielt. Ich flüchtete mich erneut in Arbeit, beschloss, mir ein eigenes Unternehmen aufzubauen. Es überraschte mich nur wenig, dass zu Anfang keiner an mich glaubte.

Wir hatten an einem Samstagabend seine Eltern und Freunde zum Essen eingeladen. Ich hatte das Haus endlich fertig eingerichtet und wollte es nun allen zeigen. Ich bemühte mich, die perfekte Ehefrau zu sein. Mit meiner karierten Kochschürze fegte ich durch die Küche. Besuchte sogar einen Kochkurs. Den Schmorbraten hatte ich zuvor dreimal getestet. Feilte solange an der Rezeptur, bis ich davon überzeugt war, sie der Meute zu präsentierten. Mit Meute, waren Erics Leute gemeint: Seine Mutter, Clara, hatte die Angewohnheit, mich ständig zu verbessern. Sie duldete prinzipiell keine andere Meinung außer ihrer eigenen. Und wehe, man widersprach ihr. Nichts oder Niemand war in ihrer Gegenwart gut genug. Anfangs mochte ich sie, doch es dauerte nur wenige Wochen, bis sie ihr wahres Gesicht zeigte.

Wortlos würgten wir den Braten runter, und ich ärgerte mich darüber, dass er mir sonst immer gelungen war, außer diesem Mal. Ich schwemmte meinen Frust mit Rotwein runter.

Eric lächelte mir aufmunternd zu und bemühte sich, das zähe Fleisch zu schneiden.

Seine Mutter hatte diesen selbstgefälligen Ausdruck.

Am liebsten hätte sie losgebrüllt: „Kochen kann sie auch nicht." Doch sie lächelte nur und behielt es für sich.

Irgendwann als ich die Flasche Wein fast allein geleert hatte, ließ ich die Bombe platzen:„Ich möchte ein Hotel aufmachen."

Stille, alle Augen waren auf mich gerichtet.

„Was ein Hotel? Wirklich?" Fragte Carla in einer etwas zu hohen Tonlage. Sie nippte an ihrem Wein und wartete auf meine Antwort.

„Ja!"

Keiner von Erics Familie oder unseren Freunden oder Eric selbst glaubte an mich und mein Hotel, das konnte ich von ihren Augen ablesen. Wie sie mich mit hochgezogener Augenbraue betrachteten, als ich von meiner Idee berichtete! Blicke, die Bände sprachen.

„Woher kommt denn diese Idee?"

„Ich war doch jetzt schon einige Zeit Resident Hotel Manager, da habe ich so ziemlich alles gelernt, was man lernen muss."

„Übernimmst du dich nicht ein wenig?" Nach diesen Worten schaute Clara in die Runde und grinste, hoffte auf Verstärkung, meine Idee als ein Hirngespinst hinzustellen.

„Ich habe ja Eric! Er kann mich ja unterstützen und mir helfen." Ich legte meine Hand auf seine.

Er wich aus und nahm das Weinglas.

„Ja." Das Ja von Carla klang wie ein abfälliges Nein.

Das Kopfschütteln untermauerte es nur noch mehr.

Bruce, Erics Vater, fügte hinzu: „Frauen und ihre Pläne!"

Er lachte dazu. Was zur Folge hatte, dass ich am liebsten das zähe Fleisch nach ihm geworfen hätte.

Eric öffnete die nächste Flasche und goss sich ein. Kein Wort, kein einziges Wort von ihm. Nein, doch, er hatte dann doch etwas zu sagen: „Dad. Hast du das Spiel von den Yankees gesehen? War der Wahnsinn oder?"

„Junge! Das kannst du laut sagen!"

„Entschuldigt mich bitte einen Moment." Ich unterbrach das Essen, stand auf, warf die Stoffserviette auf meinen Teller. Ich schnappte mein Glas Rotwein, nahm das Schnurlostelefon aus seiner Ladestation und schmiss meine High Heels in die Ecke des Wohnzimmers. Auf der Terrasse sah ich zum Vollmond hinauf. Ich löste die Haarnadeln und schüttelte mein Haar, dabei merkte ich, wie mir langsam der Rotwein zu Kopf stieg. Während ich noch einen Schluck nahm, wählte ich seine Nummer.

„Ja?"

„Liam, ich bin's. Wie spät ist es bei euch?"

„Spääääät, sehr spät."

„Ohhhh, habe ich dich geweckt? Ich rufe dich morgen an, schlaf weiter."

„Schon in Ordnung. Alles gut bei dir?"

„Definiere gut!"

„Bist du betrunken?"

„Vielleicht, ein bisschen."

Ich zeigte mit den Fingern ein bisschen, obwohl er mich nicht sehen konnte, redete ich mich Händen und Füßen.

„Ist das die Belohnung für deinen gelungenen

Schmorbraten?"

„Nein, er schmeckt beschissen. Fast wären alle daran erstickt. Nur leider ist Clara nicht daran erstickt."

„Ihr werdet wohl keine Freunde mehr. Hmm?"

„Ich hasse sie! Und keiner glaubt an mich!"

„Was?"

„Na mit dem Hotel. Ich habe es gesehen, diese Blicke haben alles gesagt. Alles! Und der Schmorbraten war auch beschissen. Habe ich das schon gesagt?"

„Ja, das hast du schon gesagt."

„Ich kriege wirklich nichts auf die Reihe." Das Glas rutschte mir aus den Händen. Der Wein tropfte über die Stufen der Terrasse.

„Rachel, lass dich nicht unterkriegen von diesen Leuten! Ich glaube an dich, du kannst es schaffen. Wenn du es willst, mach einfach das, was dich glücklich macht."

„Verdammt!"

„Was ist?"

„Der Wein ist kaputt."

„Der W E I N ist kaputt?"

Er wiederholte es ganz langsam und betonte jeden einzelnen Buchstaben.

„Ich meine, das Glas ist kaputt."

„Geh wieder rein, bevor ich mir noch ernsthaft Sorgen um dich mache."

„Werde ich. Mach's gut."

„Mach's gut."

Ich stemmte mich hoch und erschrak, als ich Eric an der Terrassentür lehnen sah.

„Mit wem hast du telefoniert?"

Alles drehte sich, ich hielt mich am Geländer fest.
„Mit meiner Schwester."
„Aha. Seit wann?"
Ich versuchte, ihn dabei nicht anzusehen und wollte wieder im Haus verschwinden.
Er griff nach meinem Arm. „Führ dich bitte nicht wieder so auf, verhalte dich angemessen!"
„Was?"
„Du hast mich schon verstanden."
„Eric, darf ich dich auch um etwas bitten?"
„Ja?"
„Verhalte dich du bitte nicht wieder wie ein Arschloch. Ja?"
„Habe ich das etwa?"
„Ja!"
„Wann?"
„Ich erwarte nichts, außer dass du mich einmal unterstützt und mich nicht wie einen Vollidioten im Regen stehen lässt. Weißt du, wie das vorhin gerade für mich war, eure Reaktionen zu sehen? Es war, als hätte ich gesagt, ich würde einen Töpferkurs belegen. So hat es sich angefühlt."
„Ich finde es toll, dass du etwas erreichen möchtest, aber musst du gleich ein Hotel aufmachen? Es gibt andere Möglichkeiten."
„Und die wären?"
„Na du könntest weiter studieren, dich der Gesellschaft meiner Mutter anschließen und Wohltätigkeitsveranstaltungen organisieren."
„Eher würde ich mich erschießen, als freiwillig Zeit mit deiner Mutter zu verbringen."

„Rachel!"
„Nein, im Ernst. Ich war einmal bei so einem Treffen. Schon vergessen? Letzten Samstag? Das Treffen des Schreckens! Oder wie ich es auch gerne nenne, das Treffen der ‚Föhnfrisuren'. Ja, dort habe ich wirklich überlegt, mir mit dem stumpfen Tafelmesser die Pulsadern aufzuschneiden."
„Das ist nicht witzig."
„Ich weiß, daher gehe ich dort nicht mehr hin."
„Was willst du eigentlich? Ich habe das Gefühl, nichts oder niemand kann es dir recht machen."
„Eric … Bitte, ich will nicht den ganzen Tag hier herumsitzen und mich nutzlos fühlen."
Mir war klar dass ich mit Eric verhandeln musste. Er war ein Geschäftsmann, also führten wir nun ein geschäftliches Gespräch. Ich erstellte einen Businessplan. Kalkulierte sämtliche Ausgaben, nahm eine Assistentin „mit an Bord" und holte Angebote ein. Wir waren im Arbeitszimmer in unserem Anwesen. Irgendwie kam ich mir zunächst vor wie ein kleines Kind, als ich meine Präsentationsunterlagen hervorzog und Erics Stirn sich in Falten legte.
„So, da wären wir also."
„Was wird das jetzt?"
„Du glaubst, es sei mir nicht ernst?"
„Doch, nur dir fehlt die Erfahrung."
Ich schob die erste Mappe auf ihn zu.
Er blätterte sie halbherzig durch und sah mich wieder an.
„Willst du sehen, was ich mir für die Einrichtung überlegt habe?"

Ich wartete nicht auf seine Antwort, sondern blätterte ihm die Entwürfe des Innenarchitekten vor. Er legte seine Hand darauf.
„Rachel?"
„Ja?"
„Ist es das, was dich glücklich macht?"
Eric gab mir einen Kredit und unterstützte mich, als er merkte, wie ich mich in die Sache reinkniete.
Es war anfangs nicht die beste Gegend, in dem sich das Hotel befand, doch irgendetwas strahlte enormes Potenzial aus.
Rote Backsteinziegel, große Fenster und der unbezahlbare Blick auf die Skyline von Manhattan ließen mich die Ratschläge von meinem Mann und dem Makler überhören.
„Mrs. Cunningham, wir haben noch ein Angebot für Sie, ein etwas besseres Angebot."
„Ich finde es hier schön." Gedankenverloren sah ich mich schon die Wände anmalen, während ich mit der Hand den Staub von der Scheibe wegwischte.
„Rachel, das ist eine Bruchbude, du steckst jede Menge Kohle in eine ziemlich renovierungsbedürftige Baracke."
„Ihr Mann hat recht, fahren wir nach Manhattan, die Lage ist um einiges besser."
Ich hörte sie synchron stöhnen, als ich den Vertrag wortlos auf dem Tisch, der beinahe zusammenbrach, unterschrieb. Beide Männer fühlten sich wohl in dem Moment bestätigt, dass Frauen keine Entscheidungen im Geschäftsleben treffen sollten.
„Es tut mir leid wegen Ihrer geringeren Provision, aber

ich habe mich verliebt."

Verlegen gab der Makler mir den Schlüssel und stammelte: „Herzlichen Glückwunsch zu Ihrer Immobilie."

Der Schlüsselbund fiel in meine Hände und mein Blick zu Eric: Er wirkte entsetzt und beleidigt. Als wäre er ein kleines verstörtes Kind, welches in der Ecke hockte und nicht mitspielen durfte.

Dieses kleine Hotel, mit 40 Betten, mitten in Brooklyn nannte ich nun mein Eigen. Ich steckte meine ganze Kraft in das Hotel, von dem Mobiliar bis hin zum Personal wollte ich alles unter Kontrolle haben.

Das Augenmerk sollte beim Betreten des Hotels auf die Backsteinziegel gelenkt werden, also bestrahlte eine Leiste am Boden die alten Ziegel. Sämtliche Vollholzmöbel waren dunkel gebeizt worden. In der Lobby erwartete die Gäste eine gemütliche Ledergarnitur mit bunten Kissen. Zudem bestand ich darauf, dass jeden vierten Tag alle vierzehn Bodenvasen mit frischen Blumen gefüllt werden mussten.

Nach ungefähr vier Jahren, zum Zeitpunkt, als Eric von dem Unternehmen seiner Familie gelangweilt war und merkte, dass mein Unternehmen Früchte trug, stieg er bei mir ein.

Erics Verhalten wies oft auf das eines Kindes hin: Er wollte immer das, was er nicht haben konnte. Eric langweilte sich, warf es weg und wollte etwas Neues. Das gleiche Schauspiel bot sich mir in unserer Ehe.

Irgendwann merkte ich, während ich dabei war, Karriere zu machen, dass auch er unglücklich mit unserer Ehe war. Er kam immer öfter spätabends nach Hause, war stark betrunken; unsere wenigen Unterhaltungen kreisten einzig und allein um unsere Tochter.
Manchmal konnte ich einfach seine Nähe nicht ertragen. Dass er mich betrog, kam nicht überraschend, erstaunlicher hingegen war, dass es mich nicht im Geringsten störte. Nur manchmal verabscheute ich den Menschen, der das Ehebett mit mir teilte, so sehr, dass ich im Zimmer unserer Tochter schlief.
Unsere Auseinandersetzungen wurden im Laufe der Zeit immer heftiger und häufiger.
Während einer von uns noch dabei war, die Wunden zu lecken, wurden wieder neue hinzugefügt.
Vier Jahre mussten vergehen, dann stand ich mit dem Rücken zur Wand. Ich musste eine starke Frau sein, mir und den anderen etwas beweisen und vor allem mich von meiner Ehe und meinem Leben ablenken.
Ich hasste es, wenn er abends betrunken nach Hause kam.
Und ich war an jenem Abend zu wütend, um einfach darüber hinwegzusehen – nicht so, wie an all den anderen Tagen.
Er kam in die Küche in unserem Heim, dem sogenannten „Familientraum" in New Jersey. Das Anwesen am Ende der Einbahnstraße mit zwölf Schlafzimmern und dreizehn Bädern und einem weißen Briefkasten. Hier hätte alles besser werden müssen, wagte ich zu glauben.

Ich war gerade dabei, für meine Tochter Milch zu wärmen, als mich Eric mit den Worten:„Wurde nicht gekocht?" begrüßte. Demonstrativ warf er die Aktentasche auf den Tisch.
„Maria hat die Woche frei!"
„Und wieso hast du nicht gekocht?"
Er lockerte seine Krawatte und öffnete eine Bierflasche.
„Ich war bis vor einer Stunde noch im Büro und habe gearbeitet. Und nur fürs Protokoll, das solltest du vielleicht auch versuchen."
„Was sagst du da?"
„Ich sage, vielleicht solltest du ein wenig mehr arbeiten und stattdessen weniger fremd vögeln."
„Rede nicht so mit mir, vor unserer Tochter!"
Ich sah zu ihr: Sie spielte mit ihren Puppen am Fußboden.
Sie war zu klein, um zu verstehen, was wir uns vorwarfen.
„Sollen dir doch deine kleinen Spielgefährtinnen das Essen kochen – das wird in dem Preis wohl inbegriffen sein."
„Sag mal, wie redest du eigentlich mit mir?"
„Genauso, wie du es verdient hast."
„Überlege mal, mit wem du so redest, ich habe dich schließlich aus dem Schafloch namens Irland geholt und das Ganze hier ermöglicht."
„Dann hättest du mich lieber dort gelassen!"
Jetzt kam er so nahe, dass ich seinen ekelhaften Atem, der nach Alkohol stank, riechen konnte. Er kam noch näher und drückte meinen Arm so fest, dass es furchtbar schmerzte.

In diesem Moment wollte ich keine Angst zeigen. Ich wollte stark sein und mich nicht durch ihn einschüchtern lassen.

„Hätte ich eine Chance gehabt, hätte ich lieber den Tod gewählt, als mit dir ein gemeinsames Leben zu führen."

Sein Gesicht wurde blutrot, seine Adern kamen zum Vorschein. Es war zu viel, kaum ausgesprochen, konnte ich den brennenden Schmerz auf meiner Wange spüren. Mein Puls stieg, mein Herz pochte und ich sah zu unserer Tochter.

Da schrie sie laut auf: „Mama, Mama, Mama!"

Ruckartig ließ er mich los; ich lief zu meiner weinenden Tochter.

Seit diesem Tag trank Eric keinen Tropfen mehr, nicht meinetwegen, sondern unserer Tochter zuliebe.

Solche Ereignisse und Diskussionen waren der Grund für meine Hingabe und Aufopferung in meinem Beruf. Es war das Einzige, was mich von meinen Sorgen und Problemen ablenken konnte. Ich war so machtlos, nur in meinem Hotel konnte ich einige Dinge bestimmen; das gab mir Halt.

Dann war ich dabei, einen großen Fehler zu begehen: Nach acht Jahren harter Arbeit zwang mich eine Grippe ins Bett. Ich war ganze sieben Tage ans Bett gefesselt, um am achten Tag festzustellen, die Welt hatte sich weitergedreht auch ohne mich, mein Engagement und meine Aufopferung. Es hatte jemanden gegeben, der mich ersetzen konnte, so wie es für jede Arbeit jemanden gibt, der es genauso erledigen kann. Dies sich einzugestehen, war eine harte Tatsache. Und an jenem Tag schwor ich mir, noch mehr und noch härter zu arbeiten, ich wollte mir nicht eingestehen, dass dieses etwas, was ich mir in meinem Leben erschaffen hatte, von jemandem X-beliebigem fortgesetzt werden konnte. Ich wollte zumindest in einer Sache gut und nicht austauschbar sein. Ich wollte mehr arbeiten, mich ablenken und das Gefühl haben, zumindest in einer Welt wichtig zu sein.

Ich möchte es nicht als Entschuldigung sehen, dass ich keine gute Mutter war. Hätte ich all das Geld gegen ein normales Leben mit Familie einsetzen können, hätte ich nur eine Chance gehabt, es durchzuziehen, hätte ich keine Sekunde überlegt.

Nach wirklich harten Jahren gelang es uns, ein zweites Hotel zu eröffnen, wir wurden stetig größer, wir wollten mehr und verloren uns dabei. Ich war zu der Sorte Mensch geworden, die ich verabscheute. Ich war rund um die Uhr erreichbar, telefonierte bis spät in die Nacht.

Flog quer über den Kontinent, ohne einmal dabei aufzusehen. Egal, ob ich nach Madrid, Kapstadt oder London geflogen war, ich sah nichts außer meinem Laptop, meiner Aktentasche und den ewig gleich sterilen seelenlosen Büros. Ich hetzte von einem Geschäftstermin zum nächsten und war gefangen in einem Netz, das ich mir vor langer Zeit gesponnen hatte; ich konnte nicht fliehen. Zu viel hing davon ab. Jetzt war ich an jenem Punkt angelangt, an dem es nicht mehr allein um mich ging.

Ich hatte Verantwortung; ich führte ein Unternehmen,

hatte Mitarbeiter, für die ich Sorge zu tragen hatte.
Den Preis, den ich dafür zahlen würde, musste ich erst später erfahren.
Eric zog sich mehr und mehr aus den Geschäften zurück, ich kann keinen genauen Tag nennen. Es begann schleichend. Er versäumte Meetings, reiste oft alleine und führte nachts heimlich Gespräche.
Natürlich wusste ich, es würde etwas nicht stimmen, doch ich hatte nicht die Kraft, um etwas dagegen zu unternehmen.
Ihm wurde wieder einmal langweilig, nur stürzte er sich nicht in neue Geschäfte, sondern in ein neues Leben. Hals über Kopf wurde er zu einer Person, die sich mit Yoga- und Selbstfindungs–Prozessen ablenkte. Ich glaube nicht, dass ihm die Philosophie von Yoga dermaßen imponierte, vielmehr die blutjunge Yogalehrerin. Seine Haare wurden länger, er tauschte seine Anzüge gegen weiße weite Leinenhosen ein und meditierte. Er schwamm jeden Morgen in unserem Hallenbad seine Längen. Dazu war Musik zu hören. Irgendetwas Meditatives.
Ich hatte nicht wirklich Zeit, um mich damit auseinanderzusetzen.
Wehrlos stand ich da, angelehnt an das Geländer der Galerie, von dem aus ich ihn beobachtete. Ohne Zweifel: Er hatte sich gewandelt.
Vielleicht hätten wir eine Therapie machen sollen?
Doch ich hatte keine Zeit. Solange er ein liebevoller Vater war und Termine mit mir in der Öffentlichkeit wahrnahm, war es mir recht. Er zwang sich in einen Smoking, wenn ich es verlangte, und ich ignorierte

den roten Lippenstift auf seinem Hemd.
Dies war unser stillschweigendes Abkommen.

Kapitel 7

Ein schöner Tag

Es gab Tage, da wies alles daraufhin, eine „normale" glückliche Familie zu sein. An ihrem achten Geburtstag weckte uns Kayla schon zeitig. Es war ein Sonntag, ein schöner Sommertag im Juni.
„Mum, Daddy aufstehen! Daddy."
Sie hüpfte ins Bett.
Eric tat so, als würde er noch schlafen.
Man konnte den Sommer riechen, als ich das Fenster öffnete.
Ich beobachtete die beiden, er schwenkte sie mit beiden Händen durch die Luft. Sie spielten Flugzeug, und sie lachte.
„Na willst du wieder fliegen?"
Kayla gluckste, ihre Haare hingen ihr ins Gesicht.
Er wirbelte sie weiter herum, dann schmiss er sie behutsam auf die freie Seite des Bettes, woraufhin sie nur noch lauter lachte.
„Mum, Dad, zieht euch heute was besonders Schönes an! Ja?"
„Wozu Kayla?" Ich streichelte ihr dabei über den Kopf.
„Wir gehen auf ein Konzert." Sagte sie, sah zu mir hoch, dabei stemmte sie beide Hände in ihre Hüften.
„Ach, auf welches Konzert denn?", fragte Eric gespielt.
„Auf meines!" Sie tippte sich dabei auf ihre Brust und grinste.
Kaum ausgesprochen, lief sie in unseren begehbaren Kleiderschrank und holte für uns die feinsten

Gewänder, die sie nur finden konnte, raus. Für mich mein blaues Ballkleid und für Eric einen Smoking. Dazu musste ich meine goldenen Schuhe mit Absatz tragen.

„Das zieht ihr jetzt an."

Eric und ich sahen uns einen Moment an, im nächsten hatten wir auch schon die Roben an. Fertig umgezogen, hetzte Kayla zu uns und zog mich ins angrenzende Badezimmer. Sie trug ihr Lieblingskleid. Ein rosa Kleid mit Tüll.

„Schminkst du mich? Damit ich auch so hübsch aussehe?"

„Noch hübscher geht es ja fast gar nicht mehr."

Sie legte ihren Kopf schief und grinste: „Doooooch."

Wortlos setzten wir uns auf die Hocker im Badezimmer. Ich drehte das Licht auf, und wir sahen unsere Spiegelbilder.

Sie griff nach meinem Lippenstift und der Wimpernzange.

„Wofür ist die?"

„Für die Wimpern."

„Die sieht ja gefährlich aus."

„Ja, da hast du recht. Die brauchst du aber auch nicht mein Schatz."

Ich bürstete ihr die langen Haare und trug ihr den rosa Lippenstift auf ihre schmalen Lippen auf. Sie formte dabei einen Kussmund.

„So, fertig."

Sie grinste mich an, sah dann in den Spiegel und betrachtete sich von allen Seiten. Schließlich legte sie noch ihre Haare nach vorne.

„Jetzt sehe ich aus wie du, Mami."
Sie tat so als würde sie auf die Uhr sehen und sagte forsch:
„Wir müssen jetzt gehen, das Konzert fängt an."
Sie fegte durch das Zimmer, über die Treppen in Richtung Wohnzimmer. Dort erwartete uns bereits Maria.
Eric und ich nahmen auf den Stühlen Platz.
Maria rückte sie zurecht und blieb etwas weiter hinten stehen.
Kayla setzte sich ans Klavier, legte ihre Haare wieder nach hinten. Blätterte in ihrem Notenheft und sah dann noch einmal zu uns.
Sie begann zu spielen, keine Ahnung, von wem sie so ein Talent geerbt hatte. Man musste sie nicht zwingen, zu üben, sie lief seit zwei Jahren jeden Tag nach der Schule auf das Klavier zu, warf die Schultasche zur Seite und spielte. Sie hatte Privatunterricht von einer russischen Klavierlehrerin. Wenn ich ihre Lehrerin ansah, musste ich an eine Eiskunstläuferin denken. Sie war streng, Disziplin war ihr zweiter Vorname, aber Kayla machte es dennoch großen Spaß.
Sie spielte ein Lied, ein klassisches Lied.
Mein Blick fiel auf Eric, er war sichtlich gerührt. Es war eines seiner Lieblingslieder. Dann sah er zu mir, griff nach meiner Hand.
Ein Moment, wahrscheinlich der Moment. Für den ich alles gegeben hätte, wäre der Moment so geblieben.
Wir applaudierten; nichts hielt uns mehr auf unseren Stühlen.
Auch Maria lief auf sie zu, als sie fertig war.

„Das hast du toll gemacht, Schatz." Ich küsste ihre Stirn. Eric hob sie hoch.
„Du bist ein Naturtalent, Schatz!"
„Und jetzt gehen wir Frühstücken."
Kayla zog uns auf die Terrasse. Alles war bereits von Maria vorbereitet worden.
Maria blieb neben der Tür stehen, immer in Reichweite. Sollten wir noch etwas benötigen. Aber es fehlte nichts, es war mehr als genug von allem da.
„Setz dich zu uns!", sagte ich leise zu ihr.
Sie deutete tonlos auf sich und war sichtlich irritiert.
Ich nickte stumm und stand auf, um ihr einen Teller zu holen.
Es waren wenige Augenblicke wie diese. Solche Tage konnte man an einer Hand abzählen. Aber sie waren da. Und ich war mir sicher, sie würden immer wieder kommen.
Ich hielt meine Tasse mit beiden Händen und sah zu Kayla, wie sie ihren Pancake aß. Dabei hatte sie mehr Ahornsirup in ihrem Gesicht als auf dem Teller. Ich wischte ihr den Sirup aus dem Gesicht. Wie wir wohl aussahen an diesen Sonntagmorgen. Eric in seinem Smoking, ich in meinem Ballkleid, Kayla mit ihrem Tüllkleid, und Maria hatte ihren besten Hosenanzug herausgefischt. Ich musste lachen. Würde uns jemand sehen, würde er uns für verrückt erklären. Aber ich dachte mir bloß: Heute ist ein schöner Tag.
Es waren viel zu wenige davon; ich hasste mich dafür, dass ich nicht jede Minute bei ihr war. Ich hasste mich dafür so sehr, dass es mir die Tränen in die Augen trieb, als ich nachts bei ihr am Bett stand. Ich sah sie

meistens nur schlafen.
Nacht für Nacht schlich ich mich in ihr Zimmer und beobachtete sie. Danach ging ich in mein Zimmer und versuchte, meine Schuldgefühle zu verdrängen. Der einzige Gedanke, der mich aufheiterte, war der an Liam.
Manchmal, wenn ich nachts am Bett meiner Tochter stand und ihr wunderschönes Gesicht beobachtete, nahm ich das Telefon und wählte seine Nummer.
„Hallo?"
Vertraute Stille. Ich sagte nichts, nur sein Hallo zu hören, reichte mir zunächst. Dabei schloss ich meine Augen und sehnte mir seine Nähe herbei. Wie es wohl sein würde, wenn er jetzt hier an meiner Seite wäre.
„Wie geht's dir?"
„Gut. Wie geht's dir?"
„Ich habe heute an dich denken müssen."
„Du hast schon ewig nichts mehr von dir hören lassen."
„Ich war beschäftigt, wir haben gerade ein zweites Hotel eröffnet."
Ich schloss die Tür und ging zur Galerie, ließ meine Finger über die Buchrücken gleiten und genoss es, einfach nur seine Stimme zu hören.
„Ja, in London, ich weiß. Dein Vater erzählt es wirklich jedem im Dorf. Auch den Touristen, wirklich jedem. Ich glaube, er erzählt es auch den Schafen. Er könnte dein Pressesprecher sein."
Er lachte, ich musste auch lachen. Ich sah ihn bildlich vor mir.

Kapitel 8

Mai 2000

Schon als ich das Gespräch entgegennahm, wusste ich, dass irgendetwas passiert war. Minuten zuvor war ich noch an meinem Sessel gefesselt gewesen und hatte schier unendlich lange Gespräche geführt. Doch während ich dabei war, das Meeting zu beenden, sich die Brausetablette in meinem Wasserglas löste, trat meine Assistentin vor meine Augen.
„Entschuldigen Sie die Unterbrechung, aber Ihre Mutter ist am Telefon."
„Danke, ich werde sie zurückrufen."
„Nein, sie will Sie sofort sprechen. Sie klang sehr ernst."
Mein Gegenüber sah verstohlen auf sein Handy und ergriff sogleich die Initiative: „Kein Problem, ich muss sowieso auch kurz telefonieren."
„Ich bin gleich wieder da."
„Mrs. Cunningham, ich stelle Sie durch."
Angelehnt an die Kante meines Schreibtischs, blickte ich auf die Brooklyn Bridge, machte mich schon auf die Vorwürfe „Wieso meldest du dich nicht? Wir haben schon ewig nichts mehr von dir gehört! Wann kommst du wieder?" gefasst und suchte nach den passenden Ausreden. Kurz und schmerzlos nahm ich den Hörer ab.
„Hi Mum, na wie geht's dir?"
„Rachel?"
„Ja."

„Du musst nach Irland kommen."
Drängend, betrübt und ohne jeglichen Vorwurf kam die Bitte wie aus dem Nichts.
„Was?"
„Du musst sofort kommen."
„Was ist passiert, Mutter?"
„Dein Vater, ihm geht's nicht gut. Er hatte gestern Abend einen Herzinfarkt. Er liegt im Krankenhaus."
Völlige Stille und die Bitte, es möge jemand den „Pause"-Button drücken, damit ich zumindest eine Chance hätte, irgendetwas dagegen zu unternehmen.
„Was? Wie, wie konnte das passieren? Wie geht's ihm?"
„Rachel, es sieht nicht gut aus."
„Was heißt das?"
„Komm, so schnell du kannst!"

Ich warf einen Blick auf meinen Terminkalender und ließ meine Sekretärin alle Termine für die nächste Woche absagen. Zuhause packte ich schnell ein paar Klamotten ein, gab meiner Tochter einen flüchtigen Kuss und sprang in den nächsten Flieger.
In Irland gelandet, passierte alles wie in Zeitlupe. Meine jüngere Schwester holte mich vom Flughafen ab. Im Wagen sprachen wir kaum ein Wort miteinander. Wir waren uns völlig fremd geworden. Ich versuchte, während der Autofahrt nicht meine Assistentin anzurufen, sondern starrte aus dem Fenster. War voller Hoffnung, meinem Vater würde es bald besser gehen.
Doch im Krankenhaus angelangt, wurde mir meine Hoffnung mit einem Schlag zunichte gemacht. Er hat

es nicht geschafft. Waren die Worte, die ich hörte, als mich meine Mutter unter Tränen in die Arme schloss. Die vielen Strapazen hielt sein geschwächter Körper einfach nicht aus. War die medizinische Erklärung dafür, dass man mir meinen Vater genommen hatte.
Es brauchte eine Weile, bis ich die Situation realisieren konnte. Ich schaute in Gesichter voller Tränen, ratlose Gesichter, und da stand ich.
Für mich war es das erste Mal, dass jemand gestorben war. Es war ein erdrückendes und leeres Gefühl. Ich dachte an all die Zeiten mit meinem Vater und daran, dass er jetzt einfach nicht mehr da war. Wie konnte er nicht mehr da sein? Einfach so, ich hatte ihm doch noch so viel zu sagen, und jetzt war er gegangen. Wie hatte ich nur glauben können, wir hätten ewig für unsere Familie Zeit? Es würde kein Weihnachten mit ihm geben; er würde seine kleine Enkeltochter, die er erst einmal getroffen hatte, nie wiedersehen. Ich versuchte, mich zu beherrschen, stark zu sein und meiner Mutter eine Hilfe zu sein.
Tage brauchte es, um alles Nötige zu organisieren; sie war am Ende ihrer Kräfte; ich hatte meine Mutter noch nie zuvor so verloren gesehen. Ich half ihr so gut es ging. Dann machte sie zwei Tage lang Apfelkuchen. Dabei trug sie ihren Pyjama. Kämmte sich nicht die Haare und putzte sich auch nicht die Zähne. Ich sagte nichts, beim achten Apfelkuchen drohten, ihre Nerven zu versagen. Auf einmal erinnerte sie sich nicht mehr, wie viel Zucker sie immer rein gab. Sie wusste nicht, ob es 20 dag oder 22 dag waren. Es kündigte sich ein kleiner Nervenzusammenbruch an. Sie schüttelte den Kopf, wischte sich die Mehlhände in die Schürze und

fluchte: „Verdammt noch mal! Das gibt es doch nicht. Wie viel waren es nur?"

„Es sind 20, Mum."

Ich umfasste ihre Schulter und nahm ihr die Packung aus den Händen. Wog anschließend den Zucker, schüttete ihn in das Gefäß.

Alles in ihrem Leben war geregelt und war immer erträglich gewesen. Hauptsache, mein Vater war da. Doch jetzt war sie seit 50 Jahren wieder alleine. Seit ich denken konnte, bestand ihr Leben aus der vertrauten und gewohnten Routine, die die beiden so sehr liebten. Jeden Sonntag gab es um Punkt 15 Uhr Kaffee und den Lieblingskuchen meines Vaters.

Am fünften Tag war das Begräbnis. Wie zu erwarten, kam das ganze Dorf, auch Liam.

Wir standen weit voneinander entfernt; unsere Blicke trafen sich.

Seine Hand wanderte zur Schulter einer großen, schlanken Frau. Blonde Haare, helle Augen; sie wirkte sehr schwedisch und elegant.

Schlagartig sah ich wieder zu meiner Mutter, dann auf die Erde, die man gerade auf den Sarg meines Vaters streute. Und anschließend wieder zu meiner Mutter, die blass und unendlich traurig aussah. Nach vier Tagen hatte sie alle Tränen vergossen. Sie stand nur da, mehr tot als lebendig.

Irgendwie wollte ich ihr zeigen dass sie nicht alleine war, dabei griff ich nach ihren Fingern, ich hielt ihre Hand. Doch weder ich noch meine Geschwister konnten ihr das geben, was das Leben ihr genommen hatte: ihre große Liebe. Gerne würde ich ihr sagen,

dass auch ich alleine sei, doch sie würde es nicht verstehen. Keiner würde es verstehen, wie auch?
Anscheinend war das Leben auch für Liam weitergegangen.
Ich kam mir dumm vor, dass ich noch jeden Tag an ihn dachte. Vielleicht war er nicht die Liebe meines Lebens, sondern die Liebe, die ich nie haben konnte, und vielleicht blieb er mir deshalb so in Erinnerung.
Abwechselnd streute man Erde und Rosen auf den Sarg meines Vaters.
Erst, als mir meine Mutter ein Taschentuch reichte, spürte ich, dass Tränen über meine warmen Wangen flossen.
Nach dem Begräbnis und dem Trauermahl waren wir alle im Haus, saßen gemütlich im Wohnzimmer und schwelgten in alten Erinnerungen, dabei aßen wir Apfelkuchen.
Meine Mutter strahlte, wenn sie über meinen Vater sprach.
Alle meine Geschwister waren in einem Raum. Ich konnte mich an keinen Zeitpunkt erinnern, an dem wir alle versammelt beisammen gewesen waren und uns unterhalten hatten.
Meine Geschwister wohnten nicht weit von meinen Eltern entfernt, aber ich gehörte irgendwie nicht mehr hierher. Ich merkte, dass mein Zuhause weder hier noch in den Staaten war. Die fehlende Beachtung meiner Geschwister kränkte mich zunächst. Ich war die Außenseiterin, die Frau, die in ihren teuren Klamotten und der perfekten Frisur stillschweigend in der Ecke saß. Doch ich begriff, dies war der Dank

dafür, dass ich nie zu den Geburtstagen gekommen war, mich gemeldet hatte oder an einem Weihnachtsfest teilgenommen hatte. Ich hätte gern meinen Vater noch einmal gesehen und ihm erzählt, wie sehr ich ihn liebe, gern hätte ich mir zum millionsten Mal eine Geschichte über Schafe angehört.

Eric hatte mich gestern mehrmals versucht, zu erreichen. Das zeigte mir mein Mobiltelefon. Sieben verpasste Anrufe. Ohne nachzudenken, wie spät es jetzt in New York war, rief ich zurück.

„Rachel?"

„Ja."

„Was ist passiert, ich bin gerade gelandet und habe jetzt erst deine Nachricht gelesen … Wie geht's ihm?"

„Er ist tot. Seit sechs Tagen."

Er sprach nicht weiter.

Jetzt begriff ich, was passiert war, und wurde wütend auf das Leben, auf meinen Mann, der nicht an meiner Seite war.

„Es tut mir so leid für dich, Rachel, und für deine Mutter."

„Du warst nicht hier."

„Ich war in Indien und ..."

„Wenn ich dich einmal in meinem Leben brauche, einmal einen Mann, an den ich mich anlehnen will, bist du nicht hier."

„Okay, stopp! Es tut mir leid, und ich weiß, du bist wütend, aber gib nicht mir die Schuld an dem schrecklichen Ereignis! Keiner hat daran schuld, Rachel."

„Natürlich hat keiner Schuld, um Schuld geht's

hier nicht. Nur um die Wunschvorstellung, dass mein Ehemann zumindest erreichbar ist, wenn ich ihn brauche. Du weißt so gut wie ich, dass es nicht oft vorkommt, dass ich jemanden brauche, der da ist. Wenn ich alleine bin ..., und ich war alleine ... Verdammt alleine!" Meine Stimme brach.
Eric versuchte, mir zu erklären: „Es war schlechtes Timing, tut mir leid."
„Ja, ich habe das beschissene Gefühl, unsere ganze Ehe besteht einzig und allein aus einem schlechten Timing."
„Das ist nicht wahr."
Das Gespräch war somit beendet.

Ich musste den Kopf frei kriegen, um nicht etwas Dummes zu tun. Etwas, was ich so gerne getan hätte, aber meiner Tochter zuliebe nie hätte machen können. Also ging ich zum Strand, um meine Gedanken zu sortieren. Es war kalt, windig; man konnte den Ozean riechen.
Kayla fehlte mir in diesem Moment, wie so oft in meinem Leben, wenn ich Zeit hatte, um an sie zu denken. Ich würde ihr gerne wieder einmal dieses schöne Fleckchen Erde zeigen. Sie war erst einmal hier gewesen und hatte ihren Grandpa wenigstens noch kennengelernt.
Plötzlich wurden meine Gedanken von Schritten unterbrochen.
„Da bist du ja."
Die Gestalt, die auf mich zuwanderte, ignorierte ich zunächst.

Zu sehr war ich mit meiner Tochter in Gedanken beschäftigt.

„Rachel."

Ich sah hoch. „Na sieh mal an, was machst du denn hier?"

„Ich war auf der Suche nach dir."

„Nach mir? Wieso? Wie hast du mich gefunden?"

„Deine Mutter hat es mir verraten."

„Wieso warst du auf der Suche nach mir?"

„Ich wollte dich sehen, hättest du mir nicht ‚Hallo' gesagt – wärst du einfach wieder zurückgeflogen?"

„Ich habe dir doch ‚Hallo' gesagt."

„Wann?"

„Beim Begräbnis meines Vaters, während du die Finger nicht von dieser Frau lassen konntest."

„Bist du irgendwie sauer auf mich?"

„Nein, wie kommst du darauf?"

„Du wirkst sehr kurz angebunden."

„Ach was!" Ich stand auf, wischte den Sand von meiner Hose und ging.

Er folgte mir anfangs wortlos, dann konnte er die Stille nicht ertragen. „Habe ich irgendetwas falsch gemacht?"

„Ja!" Ich stoppte und drehte mich zu ihm. „Ich gratuliere dir, Liam, von ganzen Herzen!"

„Du weißt es?"

„Jeder weiß es. Ich hätte es allerdings gerne von dir erfahren und nicht von unserer an Alzheimer erkrankten Nachbarin. Die mir zu meiner Verlobung gratulierte."

„Ach ja, die gute Rose! Sie bringt schon einiges

durcheinander."
„Findest du das witzig?!"
„Wir haben uns schon ewig nicht mehr gehört. Sollte ich dich anrufen und dir erzählen, dass ich heiraten werde?"
„Ja, war das jetzt so schwierig?"
„Sei nicht kindisch!"
„Und wie lange kennst du sie schon?"
„Bist du etwa eifersüchtig?"
„Äh nein, ich finde es nur merkwürdig, dass du sie mit keinem Wort jemals erwähnt hast!"
„Wann haben wir das letzte Mal miteinander gesprochen? Es ist eine Ewigkeit her!"
„Liam, ich bin nicht aus der Welt."
„Naja, aber in einer komplett anderen wie mir scheint."
„Was soll das heißen?"
„In den letzten Jahren habe ich öfter mit deiner Assistentin gesprochen, als mit dir. Du bist eben sehr beschäftigt wie mir scheint."
„Ja ich bin beschäftigt, aber das heißt nicht, dass ich nicht gerne mit dir spreche."
„Ich werfe es dir nicht vor! Es ist nur, es ist eben kein schönes Gefühl andauernd vertröstet zu werden."
Er holte etwas aus seiner Jacke. Einen cremefarbigen Umschlag.
Bevor ich den Umschlag entgegennahm und öffnete, sagte ich prompt: „Ich werde nicht kommen."
„Hast du es dir schon überlegt?"
„Ja."
Er steckte den Umschlag wieder in seine Jacke und fuhr sich durchs Haar.

„Wieso darf ich nicht glücklich sein? Wieso darf sich meine Welt nicht weiterdrehen? Dein Leben ist ..., es ist einfach unfassbar. Deine Hotels, unglaublich, wie viele es schon geworden sind, du hast ihn geheiratet, und er ist der Mann an deiner Seite, der starke Mann, den du dir immer so gewünscht hast."
„Und weiter?"
„Wieso darf ich nicht alles versuchen, um glücklich zu werden?"
„Sehe ich aus, als wäre ich ein glücklicher Mensch? Sehe ich glücklich aus, Liam? Und wo ist mein starker Ehemann, wenn ich ihn brauche? Wo ist er? Mag sein, dass ich erfolgreich bin in dem, was ich mache, aber ich kann nicht behaupten, glücklich zu sein. Und wenn du heiraten willst, weil du sie liebst, dann tu es! Aber heirate nicht, weil du glaubst, du würdest dein Glück in der Ehe finden und in einem Menschen, den du lediglich ganz toll findest."
„Ich kann nicht ewig auf dich warten, Rachel."
„Das würde ich nie verlangen. Ich möchte dich bloß vor dem bewahren, was dich enttäuschen könnte – oder was mich enttäuscht hat."
„Es tut mir leid, wenn du das so siehst."
„Ja, mir auch."
Irgendetwas war in seinem Ausdruck erloschen. Er unternahm keinen weiteren Anlauf, um freundlich zu sein – sondern ging.

Zwei Tage später regnete es. Ich mochte den Regen, es war der Duft nach Regen, den ich so sehr liebte. Also beschloss ich, den Duft aufzusaugen, wie früher. Am

besten konnte man das auf unserer Veranda. Ich stellte meinen Becher voller Kaffee ab und setzte mich auf die Treppe. Dabei beobachtete ich, wie sich die Tropfen in einer Pfütze sammelten. Ich suchte nach einer Erklärung, wieso es mich so überrascht und gekränkt hatte, dass Liam heiraten würde. Natürlich würde auch er heiraten und Kinder kriegen. Kopfschüttelnd ärgerte ich mich darüber, dass ich schon wieder an ihn denken musste.
Da wurden meine Gedanken von lautem Poltern im Haus unterbrochen.
„Mama?"
Ich fand sie im Schlafzimmer. Sie stand vor dem Kleiderschrank, es war der geteilte Kleiderschrank meiner Eltern.
„Mama, alles okay?"
„Was soll ich jetzt machen? Ich meine, mit den ganzen Klamotten von ihm, er hat mir nie gesagt, was ich damit machen soll? Er hätte sagen sollen, was ich machen muss, wenn das eintritt. Er kann nicht einfach gehen, nicht so! Ich hatte keine Zeit, um mich vorzubereiten."
„Ach, Mama!"
Ich stellte meinen Becher mit Kaffee ab und nahm sie in den Armen. „Er fehlt mir auch."
„Wieso jetzt, wieso lässt er mich jetzt alleine?"
„Ich habe keine Antwort, keiner hat darauf eine Antwort. Aber ich hole eine Kiste, da legen wir seine Sachen rein, und wenn er dir fehlt, weißt du zumindest, dass Teile von ihm noch hier sind, bis wir sie eines Tages weggeben können."
Nickend und mit tapferer Miene gab sie hinzu:„Das ist

wohl eine vernünftige Idee."
Als ich meine Mutter so tief traurig sah, erschien mir auf einmal alles andere unwichtig.
Zittrig stand sie wie in Trance auf und ging zur Kommode.
„Ach ja, ja, ich habe fast vergessen ... Bei all dem Stress in den letzten Tagen, ich sollte dir was geben."
„Und was?"
Sie holte einen Brief hervor.
Bevor ich ihn entgegennahm, sah ich sie an. Meine Augen suchten eine Antwort.
„Ich weiß nicht, von wem er ist, er lag im Postkasten. Nur mit deinem Namen adressiert."
An der Schrift, wie Rachel gekritzelt war, wusste ich sofort, wer ihn geschrieben hatte.
„Ich gehe für einen Moment nach draußen, okay?"
Keine Antwort, lediglich ein stummes Nicken und ein Blick, der Bände sprach.

Liebe Rachel,
ich hoffe, dir geht es gut. Ich hoffe, auch der kleinen Kayla geht es gut. Die Bilder, die du mir geschickt hast, waren zauberhaft. Sie ist eine kleine Prinzessin. Na, jedenfalls, Rachel, es fällt mir schwer, dir das zu sagen, und du weißt, weder Worte noch Taten waren je meine große Stärke. Ich könnte es dir nie persönlich sagen, deshalb versuche ich, es mal aufzuschreiben. Im Nachhinein weiß man immer alles besser – auch ich weiß jetzt, dass ich vieles hätte ändern können, aber auch ich bin bloß ein Mensch mit Fehlern. So leid es mir tut, ich kann es nicht rückgängig machen.

Nein, als ich dich in New York sah, als du seine Frau wurdest, in diesem weißen Kleid, so wunderschön, wusste ich, dass ich nach vorne sehen muss. Dich endgültig gehen lassen. Dann wusste ich, was es heißt, zu leiden. Glaube mir, ich habe gelitten, wie ein Mensch nur leiden kann. Und dann irgendwann als ich schon gar nicht mehr dran glaubte, kam Elisabeth. Sie kam und half mir darüber hinweg. Ich möchte auch sagen, ich gehöre zu jemandem, und sie ist wunderbar, echt ein Engel. Eigentlich viel zu gut für mich. Aber sie scheint irgendetwas an mir zu mögen. Wahrscheinlich meine Haare. Jedenfalls werde auch ich jetzt heiraten, weil man einen Engel nicht gehen lassen darf, das habe ich gelernt. Ich mache nicht zweimal den gleichen Fehler. Ich hoffe, nein, ich wünsche dir das Allerbeste auf Erden. Ich hoffe für dich, dass sich deine Träume erfüllen. Und ich bin fassungslos und unglaublich stolz auf all das, was du geschafft hast. Und dein Vater sprach nicht mehr von den Schafen am liebsten, sondern von seiner Tochter, die so erfolgreich ist und in Amerika lebt. Du hast ihm gefehlt. Jeden Tag, so wie jedem, den du hier zurückgelassen hast. Aber die Bewunderung, die wir für dich haben, lässt den Schmerz etwas vergessen.

In Liebe dein Liam

PS: Ich werde nicht dein damals verfasstes Gelöbnis vortragen, lediglich ein paar Passagen vielleicht.

Wieder und wieder las ich den Brief. Als ich ihn zurück

in das Kuvert stecken wollte, bemerkte ich, dass noch etwas im Umschlag war. Ein Foto, jenes Foto, welches damals von uns dreien gemacht worden war: mein Vater, Liam und ich.

Wie im Rausch ging ich zum Auto.

Meine Mutter folgte mir. „Wo fährst du hin?"

Jetzt fragte sie etwas energischer: „Was hast du vor?"

Sie hetzte mit ihren Hausschuhen die Einfahrt hinunter, mit einer Hand hielt sie sich die Weste zu. Mit der anderen Hand griff sie nach meinem Arm und zwang mich, stehen zu bleiben.

„Ich muss noch etwas erledigen."

„Mach keinen Fehler!"

Mir wurde bewusst, dass sie Bescheid wissen würde, sie ahnte, dass es immer so sein würde, wenn ich hier war. Wir mussten uns sehen.

„Keine Sorge, das werde ich nicht!"

Mit dem Schließen der Autotür beendete ich das Gespräch, stellte den Motor an und fuhr auf die Landstraße. Eine Million Gedanken schossen mir durch den Kopf. Nervös zupfte ich an meinen Haaren herum, versuchte, sie irgendwie zu bändigen, um nicht ganz so unfrisiert auszusehen.

Acht Minuten später wusste ich nach wie vor nicht, was ich sagen sollte, eigentlich war doch alles gesagt. Vermutlich war es jetzt an der Zeit, mich für ihn zu freuen.

Doch vor der Kirche angelangt, war ich wie gefesselt an meinen Autositz. Meine Hände zitterten, ich stellte das Radio leiser, in der Hoffnung, wieder klar denken zu können.

Vielleicht können wir es schaffen, du und ich. Irgendwie. Vielleicht war noch nicht alles entschieden.

Dann überkam es mich, und ich rannte los. Richtung Kirche, quer über die Straße.
Ein Auto musste bremsen, doch ich lief unbeirrt weiter. Während ich um die Ecke bog, trat das Brautpaar über die Schwelle, überschüttet mit Reis und strahlender Miene.
Der Fotograf versuchte, jeden einzelnen Moment festzuhalten. Jede Minute, jede Sekunde.
Auf Höhe der Steinmauer hielt ich an und ließ die Situation auf mich wirken. Dutzende Menschen jubelten und klatschten.
So sah Liam also als Bräutigam aus. Er hatte die Haare brav zurückgekämmt, sie waren nicht so wild durcheinander, wie sonst immer. Frisch rasiert, kein Dreitagebart wie sonst, seine Augen leuchteten. Liam gab seiner Frau einen Kuss und strahlte dabei über das ganze Gesicht.
Die Braut wandte den Gäste den Rücken zu und warf den Brautstrauß in die Menge.
Und die Menge lachte; eine zarte Frau mit langen schwarzen Haaren fing den Strauß.
Ein weiterer Kuss des frisch vermählten Paares folgte, ich senkte den Blick und verschwand so lautlos und unbemerkt, wie ich gekommen war.
Als ich fast bei meinem Wagen angelangt war, wandte ich mich noch einmal der Kirche zu. Vielleicht war sein Blick in meinem Nacken der Befehl.
Ein Nicken meinerseits und dazu ein Lächeln.

Aufrichtig. Ich war da, und ich gab mein Bestes, ich tat alles, damit ich meine Mundwinkel oben behielt. Mein Kinn zitterte, die Schultern versteiften sich, ich musste schlucken.
Er hatte diesen stolzen Blick aufgesetzt.
Ich winkte zum Abschied und stieg in den Wagen. Dort bemerkte ich, dass ich die Luft angehalten hatte und erst jetzt wieder nach Luft schnappen konnte. Mein Herz klopfte heftig. Mit beiden Händen umfasste ich das Lenkrad; startete den Motor, lächelte weiterhin, als könne mich jemand sehen.

Kapitel 9

Im Laufe der Jahre und unserer Ehe schlief Eric des Öfteren auswärts. Es störte mich nicht, solange wir zumindest nach außen Termine als Familie wahrnahmen und er an offiziellen Ereignissen den Ehemann spielte, den die Öffentlichkeit verlangte, reichte es mir.
Meine Tochter konnte den Schein nur schwer wahren. Sie war rebellisch und hasste es, sich in eine Welt zu fügen, für die sie wenig bis gar nichts übrig hatte.
Als sie in die Pubertät kam, hielt ich es für einen Zustand, der wohl bald vergehen würde. Doch es war kein absehbarer Zeitraum. Es war mittlerweile zu ihrem Leben geworden.
Also kam es, wie es kommen musste. Im Jahr 2007, in dem Jahr, als sie eigentlich die High School beenden sollte, saßen wir im Büro des Direktors ihrer Privatschule. Ein Mann, Ende fünfzig, der uns nun kopfschüttelnd und mit hochrotem Kopf mitteilte, dass es einen Vorfall gegeben hätte. Und es war nicht bloß ein Vorfall; die Vorfälle häuften sich.
„Es tut mir sehr leid, aber Kayla hat gegen mehr als nur eine Regel verstoßen, daher sehen wir uns gezwungen, sie der Schule zu verweisen."
„Gibt es denn keine Möglichkeit? Das ist ihr letztes Jahr an der Schule, so kurz vor dem Abschluss …" Ich flehte förmlich nach einer Lösung.
„Sie hat mehr Fehlstunden als Anwesenheitsstunden, sie kam betrunken in die Schule, und letzte Woche war es vermutlich mehr als ‚bloß' Alkohol. Mrs.

Cunningham, es tut mir leid, aber den Konsum von Alkohol und Drogen kann und werde ich nicht tolerieren."

„Das würde ich nicht verlangen."

Er legte das Gesicht in seine Hände und gab hinzu: „Und dabei ist sie so intelligent, ich weiß nicht, wie man ihr helfen kann, ich weiß es wirklich nicht. Aber, so leid es mir tut, hier können wir ihr Verhalten nicht länger dulden."

Keiner von uns war fähig, irgendetwas dagegen zu sagen, der Direktor hatte mit allem recht. Man sah in seinen Augen, dass er schon mehr Geduld als nötig für sie aufgebracht hatte.

Wir verließen wortlos den Raum.

Zuhause wartete Kayla auf uns im Esszimmer. Sie war nervös und biss sich ständig auf die Unterlippe, auch sie wusste, dass sie sich nun der Konsequenz stellen musste.

„Setz dich, Kayla!", befahl ihr Eric.

„Okay, ich weiß, was jetzt kommt, aber ich habe dafür eine Erklärung."

„Und die wäre?"

„Ihr wisst nicht, wie es wirklich war."

„Aha."

Eric faltete die Hände, legte sie auf den Tisch und schaute Kayla an, als würde er mit ihr in einem Meeting sitzen.

„Was auch immer er euch erzählt hat, ich kann euch alles erklären."

Ich konnte mich nicht zu ihnen setzen, stattdessen starrte ich aus dem Fenster in den Garten. Es war dunkel; man konnte fast nichts außer der Beleuchtung unseres Swimmingpools wahrnehmen.

Die Unterhaltung der beiden bekam ich nur teilweise mit. Er nickte stumm, und so heftig, wie er nickte, hatte ich Angst, er würde ein Schütteltrauma davon tragen.

Es waren wieder ihre eintausend Ausreden, die sie wie eine Endlosschleife abspulte.

„Wart ihr nie jung? Seit ihr etwa schon perfekt zur Welt gekommen? Ich gebe zu, ich habe mal was getrunken, aber in der Schule war ich wieder nüchtern."

„Mhm ... verstehe."

Ich fragte mich, was er genau verstand.

„Und ich glaube, jeder darf sein Leben leben, oder Dad? Ich meine so richtig und zwar auch mit Fehler machen und so. Oder was sagst du, Dad?"

Er blies seine Wangen auf und fuhr sich mit einer Hand durch die mittlerweile raspelkurzen Haare.

Ich konnte meine Gedanken kaum sortieren, da platzte es ganz leise und tonlos aus mir heraus: „Ich will, dass du heute noch ausziehst."

Mit diesem Satz waren jegliche Gespräche am Tisch verstummt.

„Was?"

„Du hast mich schon verstanden, Kayla. Du willst das hier alles doch nicht, du trittst das Leben, welches wir für dich aufgebaut haben, mit Füßen. Was erwartest du, dass wir dir noch länger dabei zusehen? Jetzt musst du sehen wie du alleine klar kommst. Ich weiß nicht, wie ich dir helfen kann, aber so nicht!"

Eric sprang auf, versuchte, mit aufmunternden Blicken die Situation zu retten. „Ich finde, wir sollten jetzt

vor allem Ruhe bewahren. Rachel, können wir einen Moment darüber sprechen?"
Kayla und ich sahen uns an, so wie noch nie zuvor.
Sie stand vom Tisch auf, ihre Augen glühten, als sie weitersprach: „Ich hoffe, ich werde nie so wie du, Mutter! Ich hoffe, ich kann einmal sagen, ich hatte ein schönes Leben. Und ich hoffe, dass ich nicht zu so einem Workaholic-Zombie werde. Dass ich mich nicht einmal mit Menschen umgeben werde, die Werte haben, die zum Kotzen sind."
„Es reicht!" Sein Schrei brachte sie für einen Moment zum Schweigen, bevor sie noch einen drauf packte.
„Was stört dich eigentlich mehr, Mutter? Dass ich mein Leben lebe oder, dass ich mein Leben so lebe, wie es mir gefällt, ohne dabei Rücksicht auf andere zu nehmen?!"
„Bring sie raus!"
Es waren Sätze voller Hass und Wut, die sie gegen mich richtete, während Eric sie nach draußen begleitete.
„Hör auf, immer die verdammt glückliche Familie zu spielen, die wir nicht sind oder besser gesagt noch nie waren. Daddy ist kaum noch hier, und du weißt, dass du schuld daran hast. Und eins noch, Mutter, tue nicht so, als wäre ich dir wichtig, denn wir wissen doch alle, dass wir es bestimmt nicht sind, die dich glücklich machen."

Unser Reichtum war für meine Tochter mehr Fluch als Segen.
Sie musste sich nie bemühen, etwas aus ihrem Leben zu machen. Und für meinen Teil stillte ich mein schlechtes Gewissen, indem ich ihr alles Erdenkliche kaufte, was sie sich wünschte. Hinzu kam, dass sie sich in der Pubertät mit den falschen Leuten traf. Kayla musste leider die bittere Erfahrung machen, dass diese Leute weder an ihr noch an ihrer Freundschaft interessiert waren. Lediglich an ihrem vielen Geld. Diese Tatsache machte sie zu einem sehr einsamen reichen Mädchen.
Sie versuchte, anfangs ihre Einsamkeit mit Alkohol zu betäuben. Sie ging in Clubs, fälschte Ausweise, traf sich mit irgendwelchen Leute, von denen ich mir sicher war, dass sie eine Woche später schon nicht mehr ihre Freunde waren.
Und ich stand wehrlos da und konnte ihr nicht helfen. Jedes Mal aufs Neue erschütterte es mich zutiefst.
Die Szenarien wiederholten sich in letzter Zeit immer öfter.
Ich war nicht im Stande, das Geringste dagegen zu unternehmen. Es war ein unbeschreibliches Gefühl, nicht zu wissen, wann die Tochter das Haus verließ, ob sie wieder zurückkommen würde. Die Angst und die gewaltige Machtlosigkeit, die ich in jenen Momenten fühlte, trieben mich fast in die Ohnmacht.
Wie oft schrie ich laut, mein Kind möge endlich vom Fußboden aufstehen. Der Tag, an dem sie ihren schwarzen Porsche nur 100 Meter vor unserer Haustür ramponierte, war auch bühnenreif.
Eric hüpfte wie Rumpelstilzchen um den Wagen und

zupfte die Grasbüschel aus den Felgen.
Kayla sagte, sie sei von der Auffahrt abgekommen. Der Wagen wurde abgeschleppt; sie ging die paar Meter mit ihren High Heels in der Hand nach Hause. Zum Glück nur Blechschaden, aber als ich neben ihr stand, und sie ergänzte: „Kann passieren!" Konnte ich die Alkoholfahne riechen.

An jenem Abend zog sie mit einem Koffer voller Lieblingsklamotten nach Manhattan. Ihr Plan war, so lange zu kellnern, bis sie wusste, was sie wollte. Zwei Jahre später wusste sie noch immer nicht, was sie einmal werden wollte. Sie war zu dünn. Sie trank, rauchte und nahm Drogen. Ihr schönes Spiegelbild wurde mit jedem Tag mehr gezeichnet von dem Mist, den sie schluckte. Ihre schönen langen blonden Haare waren nicht mehr ganz so hell. Als sie noch klein war, war ihre Mähne so hell wie die Sonne, jetzt war sie dunkler, aber noch genauso lang. Und ihre schönen großen blauen Augen hatten aufgehört, zu strahlen. Stattdessen waren große dunkle Augenringen ihre ständigen Begleiter.
Jede Woche, meistens dienstags, beobachtete ich sie dabei, wie sie im Café kellnerte. Das Lokal war nett. Es war voll mit ein paar gedankenverlorenen jungen Leuten, die ihre Nachmittage mit ihren Laptops und einem Café Latte verbrachten. Ich hielt an der gegenüberliegenden Straße. Mehr als ein Blick auf sie war nicht drinnen. Es reichte mir.
Auch Eric besuchte sie bei der Arbeit, im Vergleich zu mir war seine Gegenwart jedoch willkommen. Er

steckte ihr Geld zu, ihr Lohn reichte wahrscheinlich nicht einmal für die Miete.

Geburtstage, Familienfeiern oder Ähnliches waren in den ganzen zwei Jahren höchstens Gründe für ein flüchtiges ‚Hallo'. Sonst nichts.

Kapitel 10

Unser 18-jähriges Firmenjubiläum verdeutlichte mir, wie lange ich nun schon in Amerika lebte. Ich erinnerte mich an damals, an meine Jugend. Und an jenen Tag, als ich Eric um ein Darlehen bat, um mir ein Hotel zu kaufen.
Während ich mich noch in den Erinnerungen verlor, hörte ich, wie Kayla durch die Tür hereinkam. Sogar eine Stunde zu früh.
Sie trug ein schwarzes Kleid mit Pailletten, darin kam ihre schmale Figur noch mehr zum Vorschein. Sie funkelte richtig, als sie vom Licht angestrahlt wurde.
Wie jedes Mal führte ihr erster Weg zu den Hunden. Für jeden nahm sie sich ausreichend Zeit, sie schmuste sie ab und brachte kleine Leckerlis mit.
„Kayla, hallo, schön, dich zu sehen!"
Sie drehte sich kurz in meine Richtung um. „Hallo Mutter."
„Mutter" klang aus ihrem Mund wie ein Schimpfwort. Sie sah nicht zu mir auf, sondern kraulte weiter die Hunde.
„Na, wie läuft es in der Arbeit?"
„Ist echt mein Traum, Mutter! Jeden Tag wenn ich einem Möchtegern-IT-Girl einen Café Latte serviere, denke ich mir ‚Mann, ich habe es wirklich geschafft, ich Glückspilz, ich habe mir tatsächlich meinen Traum erfüllt'."
„Dann kündige und mache etwas, was dich wirklich interessiert!"
„Wenn das nur so leicht wäre."

„Was soll das heißen?"
„Vergiss es! Ist Daddy schon da?"
„Er müsste jeden Moment kommen."
Kaum ausgesprochen, fiel die Tür ins Schloss. Eric trat in den Raum. In Bermudas und einem Hawaiihemd.
„Daddy."
Während ich mir Wasser in ein Glas einschenkte und dabei die dritte Aspirin schluckte, beobachtete ich die beiden.
Sie fiel ihm in die Arme, eine herzliche Umarmung, auf die ich gar nicht zu hoffen wagte.
„Na Süße, dass du dich auch mal wieder sehen lässt! Lass dich ansehen, isst du auch genug?"
„Klar doch. Du gehst aber nicht in diesen Hosen zur Feier oder?"
„Wäre mal was anderes ..."
Beide lachten, und ich konnte sehen, wie sie ihren Vater vergötterte.
Eric wandte den Blick zu mir und gab mir, der Situation entsprechend, einen flüchtigen Kuss auf die Wange. Wenn unsere Tochter nicht hier war, ignorierten wir uns tagelang, wochenlang. Unsere Ehe war quasi nur mehr auf dem Papier vorhanden.
Ich schlief schon, seit Kayla ausgezogen war, in einem anderen Zimmer. War ja nicht so, als könne man sich in dem Anwesen nicht aus dem Weg gehen. Wir waren uns fremd geworden. Geschäftlich führten wir noch das ein oder andere Gespräch, aber auch solche Unterhaltungen fielen immer seltener aus.
Eric interessierte sich kaum noch fürs Geschäft. Sein Leben erinnerte viel mehr an jenes von einem Surfer

Boy. Er durchlebte gerade seine zweite Midlife Crisis, die erste langweilte ihn.

Er verbrachte Wochen auf unserem Privatstrand in der Karibik oder jettete einfach um die Welt. Er ließ mich zurück, nichts erinnerte mehr an den Mann, den ich kennengelernt hatte.

Ihm war das alles mehr oder weniger egal. Er war gerade dabei, ein ganz neues Kapitel in seinem Leben aufzuschlagen. Und ich war mir sicher: Wir spielten dort keine Rolle mehr.

„Rachel, ich habe heute eine Freundin eingeladen, Roseanne, du kennst sie vielleicht."

„Etwa Roseanne Clark?"

„Ja, genau."

„Natürlich kenne ich sie. Sie war unsere Mitarbeiterin und leitete das Operative Controlling."

„Exakt."

An seinem Blick konnte ich erkennen: Sie war nicht nur eine Freundin; ich wurde wütend. Nicht, weil er Affären hatte, sondern weil er den Mumm besaß, sie mir unter die Nase zu reiben.

„Eric, hast du eine Minute?"

„Klar."

Wir gingen ins Arbeitszimmer, weit genug entfernt von Kayla. Ich wollte nicht, dass sie hörte, was ich Eric gleich zu sagen hatte.

Sobald ich die Tür schloss, sprudelte es nur so aus mir heraus: „Eric, ich glaube, du hast den Verstand verloren?"

„Rachel, schrei mich nicht an!"

„Ich schreie, mit wem und wann ich will!"

„Wir sind erwachsene Leute; wir können normal miteinander reden."

„Einen Scheiß können wir! Du kannst Affären haben, so viele du willst, aber tue mir einen Gefallen, und bring sie nicht mit nach Hause oder zu einer Feier!"

„Sie ist ein toller Mensch."

„Hörst du eigentlich, was du da redest?"

„Ja, das tue ich. Sie macht mich glücklich und weiter?"

„Du zerstörst alles, was wir haben!"

Ich zog mit der Hand eine Linie, als wolle ich eine Bilanz ziehen.

„Was haben wir, Rachel, sag mir bitte, was haben wir?" Ich schüttelte den Kopf, ging auf die Bar zu und goss mir ein Glas Whisky ein. Während er mich bloß weiter mit offenem Mund anstarrte und auf eine Antwort hoffte. „Nein, Rachel, sprich dich aus! Sag mir, was du sagen willst, aber gib nicht mir wortlos die Schuld an allem!"

„Ich habe zwanzig Jahre lang für diese Ehe, für dieses Unternehmen, für uns gekämpft, und jetzt stehe ich vor den Trümmern! Mir fehlen die Worte, Eric! Was soll ich denn bitte Großartiges dazu sagen?!" Schluchzend starrte ich ihn an.

Irgendwie schaute er jetzt verloren aus – in seiner Surfer Boy-Aufmachung.

Da holte er zum Gegenschlag aus. „Wenn du mich angesehen hast, dann sahst du durch mich hindurch. Wenn du gelächelt hast, dann allein, weil man es von dir verlangt hat. Ich habe vergessen, wie meine Frau glücklich aussieht, weißt du?"

„Eric, ich war glücklich."

„Rachel, hör auf, ich bin noch nicht fertig. Weißt du, was an allem das Schlimmste war, ich stand neben dir, schaute dich an und konnte nichts ändern. Ich konnte dich nicht glücklich machen. Egal, was ich versucht hätte, es würde doch nichts bringen. Und weißt du, wieso, Rachel? Weißt du, wieso?"
Er starrte mich an, als wolle er, dass ich die Frage, die eigentlich keine richtige Frage war, beantworte.
„Weil ich es war! Und nicht er! Und jetzt stehst du vor mir auf deinem hohen Ross und behauptest, ich hätte unsere Ehe zerstört?" Er fuhr sich durchs Haar. Seine Adern zeichneten sich deutlich am Hals ab.
„Ich hätte unsere Ehe zerstört, der Ehe, der du nie eine Chance gegeben hast, der Ehe, in der du nie präsent warst?! Entschuldige bitte, wenn ich deinem Empfinden nach die Ehe zerstört habe, weil ich mit ein paar Frauen geschlafen habe, allein um in deren Augen der einzige Mann zu sein. Ich entschuldige mich, Rachel, ich entschuldige mich, aber was du getan hast, war nicht fair."
Ich biss mir auf die Lippen und sah Eric das erste Mal wirklich betroffen.
Er fuhr sich durchs Haar, wischte sich übers Gesicht und schlenderte an mir wortlos vorbei.
Eric hatte recht, mit allem, was er gesagt hatte.
„Glaubst du, es hat mir nie wehgetan? Glaubst du, es war mir egal, dass er damals auf unserer Hochzeit war? Glaubst du, es war ein schönes Gefühl, dass du ihn so oft heimlich angerufen hast, weil du mit mir nicht sprechen konntest? Ich verrate dir etwas, es tat verdammt weh, einen Menschen zu lieben, den man

nicht haben kann."
„Das wollte ich alles nicht, glaube mir bitte!" Meine Stimme brach. „Ich wollte doch, dass es klappt. Hast du nicht gesehen, wie ich mich bemüht habe?"
„Ja. Es reichte nicht. Ich reichte nicht."

Da saßen wir also und feierten das 18-jährige Bestehen des Hotels, dem die meisten damals nur zwei Jahre gegeben hatten.

Gegenüber von mir saß Erics Mutter, deren Lippenstift noch die gleiche Farbe hat wie zig Jahre zuvor. Auch ihre Frisur konnte noch immer jeder Witterung standhalten. Keine Regung war aus ihrem Gesicht zu entnehmen. Vielleicht weil sie jegliche Spuren aus ihrem Gesicht mittels Botox entfernte oder weil es sie genauso kalt ließ, wie alles andere in ihrem Leben. Es war schwer zu erkennen.

Die Zeremonie wirkte auf mich wie eine Hochzeit. Die runden Tische, die Blumenarrangements, hunderte Kerzen.

Der Festsaal des „Broo-Klyne Hotels" gehörte all den Mitarbeitern, Lieferanten und Geschäftspartnern die jahrelang an unserer Seite waren. Während ich den 200 geladenen Gästen beim Feiern zusah, dachte ich darüber nach, was ich eigentlich genau feiern sollte. Ein Leben, das ich nie wollte, eine Tochter, die mit 20 Jahren mehr Drogen und Alkohol zu sich nahm, als Curt Cobain in seinem ganzen Leben, oder meinen Mann, der mich erst in dieses Leben hineingestoßen hatte und mich jetzt alleine in einem sinkenden Bot zurückließ.

Langsam wurde die Musik leiser; sofort blickten die Gäste zum DJ-Pult. In der Hoffnung, es würde bald etwas Spannenderes, als die ganze Reihe der 70er-Hits ertönen.

Der DJ räusperte sich: „Meine Damen und Herren, nun darf ich nicht das Brautpaar ..." Gelächter wurde laut. „Nein, sondern Mrs. und Mr. Cunningham auf die Tanzfläche bitten, ihretwegen sind wir doch alle hier. Oder etwa nicht?"

Diese peinlichen Ansprachen, diese steif gefrorenen Gesichter, diese ewig guten Mienen zum bösen Spiel – ich hasste Situationen wie diese.

Zum Glück ergriff Eric das Wort und bedankte sich bei den geladenen Gästen mit der üblichen Leier. Er war beliebt bei den Menschen, er hatte diesen Charme, den er gekonnt einzusetzen wusste.

Teilnahmslos tanzten wir. Keiner von uns sprach es aus, aber uns wurde zu diesem Zeitpunkt klar, dies würde unser letzter Tanz sein.

„Rachel?"

„Ja?"

Er legte sein Gesicht so nahe an meines, dass es für Außenstehende sicher sehr vertraut wirkte, aber das war es nicht unbedingt. Er wollte mir einfach etwas mitteilen, dass seiner Meinung nach nicht bis morgen warten konnte.

„Rachel, bitte, ich will die Scheidung."

Ich lächelte und spähte in die Gesichter der Gäste, die mich wiederum anlächelten.

„Und jetzt ist genau der richtige Augenblick für so eine Unterhaltung."

„Wann sollten wir sonst darüber sprechen, du weißt, dass es so nicht weitergeht."

Ich konnte nichts erwidern, denn bevor er es aussprach, hörte ich bereits die Worte in meinen Ohren.

„Und sie ist schwanger."

Erst jetzt merkte ich, zu welchem Lied wir eigentlich

tanzten, und es war amüsant, den Beigeschmack von Ironie zu hören: „The winner takes it all." Ich musste lachen, denn ich sah nur Verlierer auf der Tanzfläche, für andere waren wir vielleicht Gewinner, aber innerlich wurde mir von Sekunde zu Sekunde mehr bewusst, wie sehr ich verlor und was ich gesetzt hatte.
„Rachel, sag bitte was, weißt du, Roseanne ist die Frau, mit der ich zusammen sein will."
„Dann sei es!"
„Und ich, ich wollte es dir persönlich mitteilen, damit du es als Erste von mir erfährst– dass wir ein Baby bekommen."
Es war eigentlich zu erwarten, darum schockierte es mich wenig. Es schockierte mich vielmehr, dass wir eine solche Unterhaltung auf einer Tanzfläche führten, während uns die Scheinwerfer beleuchteten und wir gerade dabei waren, das Traumpaar zu spielen, das wir nie waren.
„Schön, dass du es deiner Frau als Erstes sagen willst, dass du ein Kind von einer anderen bekommst. Das ist echt nett von dir."
„Rachel, bitte – ich will bloß die Scheidung; du bekommst alles, aber hasse mich nicht!"
„Ich fasse es nicht, dass du mir das antust!"
Blind vor Wut, löste ich mich aus seinen Armen und schritt zum DJ-Pult.
Der DJ regelte automatisch die Musik herunter, in der Hoffnung, ich würde gleich etwas ganz Wunderbares verkünden, doch dem war nicht so.
„Ich möchte bitte gerne etwas loswerden: Meinen Mann kennen Sie ja bereits, aber Sie kennen ihn

vielleicht nicht wirklich. Er ist mein Ehemann seit zwanzig Jahren, er ist der Vater meiner Tochter, und er hat mit mir ein Unternehmen aufgebaut und ..." Ich holte tief Luft, „er ist ein Betrüger. Ja, das ist er, und ich habe zu ihm gehalten, all die Jahre, doch wie sich soeben herausgestellt hat, hält er nichts von seiner Familie. Er möchte jetzt eine neue gründen."
Ich nahm wahr, wie sich Roseanne Clark fast an ihrem Wasser verschluckte. Mein Blick haftete eine Weile an ihr, wie an einer Magnetwand. Bis ich weitersprach und mein Blick wieder die Menge suchte.
„Der Witz an der Sache ist, er hat bereits eine Familie, aber er will sie nicht mehr, denn sie, Roseanne Clark, und er sind jetzt schwanger. Und wenn ich anmerken darf, es heißt nicht, ‚wir sind schwanger', sondern ‚sie ist schwanger'. Sie ganz alleine bekommt das Kind, sie bringt es auf die Welt, und Väter müssen bloß da sein. Einfach bloß da sein."
Ich schaute in fassungslose Augen, in mitfühlende Augen und in die Augen meiner Tochter.
In meiner Hysterie hatte ich vergessen, dass sie all die Zeit hier gewesen war und dass sie seine Affäre sicher mitbekommen hatte, aber nie Realität werden ließ.
Hastig gab ich dem DJ das Mikrofon, ging von der Bühne und wollte in der Menge meine Tochter suchen. Doch ich entdeckte nur fremde Menschen. Ich sah sie weder auf unserem Platz noch auf der Terrasse. Panik machte sich breit. Mein Weg führte direkt auf den Gang, wo sich vor der Damentoilette eine riesige Schlange gebildet hatte. Irgendetwas zog mich dorthin, es war mehr als bloße Neugierde.

Das dumpfe Gefühl bestätigte sich. Ich drängte mich durch die Menschen hindurch und beobachtete, wie jemand auf meine Tochter, die regungslos am Boden lag, einredete.

Wie eine Löwenmutter kämpfte ich mich zu ihr. Stürzte mich auf ihren leblosen Körper und versuchte, sie zu sich kommen zu lassen. Doch sie blieb liegen. Sie blieb einfach liegen mit einem kleinen Plastiksäckchen in der Hand. Ich nahm es an mich und wollte es ungeschehen machen. Wie mich die Leute ansahen, entsetzt über das, was sich hier gerade abspielte. Hohn, unverhohlene Verachtung, konnte ich erkennen.

Mit vorgehaltener Hand tuschelten sie und ließen mich dabei nicht aus den Augen.

Die Sanitäter trafen ein, die mich hastig zur Seite scheuchten und mit der Reanimation begannen.

Ich hörte keine Geräusche. Wie in einer andere Zeit versetzt, bekam ich die Ereignisse mit. Da erspähte ich Eric in der Menge; er rang nach Luft und war kreidebleich.

Woraufhin ich nur eines dachte: Eine Mutter wird nie, niemals bereit sein, das eigene Kind gehen zu lassen, so etwas kann man nicht ertragen, und so etwas werde ich nicht ertragen.

In dem Moment wurde ich wütend, wütend auf das Leben auf mich, darauf, dass ich meiner Tochter jahrelang beim Sterben zugesehen hatte. Jetzt begriff ich erst, dass es womöglich Realität wurde. Wieso war ich mit meinem Leben so beschäftigt gewesen? Wieso hatte ich ihre lautlosen Schreie nicht gehört?

Im Krankenhaus wich ich in all den Tagen keinen einzigen Zentimeter von dem Bett meiner Tochter. Mich interessierte weder die Arbeit noch sonst irgendetwas – einzig und alleine das Überleben meiner Tochter. Während sich die Ärzte nach sämtlichen Werten und Ergebnissen erkundigten, geschah es. Ihr Blutdruck fiel, und ein lautes Geräusch von dem Gerät, welches ihr Herz kontrollierte, ertönte. Man kannte das Geräusch aus sämtlichen Filmen, aber die unaussprechliche Angst und das Gefühl der Hilflosigkeit, welches einen fast auffrisst, sieht man in den Filmen nicht. Ich konnte kaum atmen; ich beobachtete die Ärzte, wie sie ihr Bestes gaben.

Ich konnte keine Reaktion zeigen. Ich war gefesselt, gefesselt an eine Situation, deren Ausgang ich nicht bestimmen konnte. Seit Jahren konnte ich alles bestimmen in meinem Leben; in diesem Moment blieb mir nichts, als zu hoffen und zu beten.

Und da rannte ich aus dem Zimmer, mein Weg führte mich in die Kapelle der Kirche. Irgendetwas schien mir in diesem Moment einzureden, ich müsste mit Gott sprechen. Ich war sonst nicht der Mensch, der eine Kirche aufsuchen musste, um mit Gott in Verbindung zu treten – ich wusste, er war da. In diesem Moment hatte ich das Gefühl, er würde mich im Stich lassen.

In der Kapelle angelangt, kniete ich vor dem Altar. Ich kniete vor dem Altar und vor meinem Leben. Schluchzend und nach Luft ringend, suchte ich nach Antworten.

„Ich habe nie etwas verlangt, mich stets den Problemen gestellt, weil ich immer gewusst habe, es hat etwas zu

bedeuten, und jetzt, jetzt bin ich so verdammt wütend, weil ich den Grund für diesen Mist einfach nicht erkenne. Ich sehe ihn nicht. Ich würde alles geben, wenn sie weiterleben darf, alles! Gib ihr noch eine Chance! Sie darf nicht sterben, nicht heute! Sie darf nicht sterben!"
Da hörte ich Schritte, es waren bekannte Schritte, Erics Schritte.
In dem Moment verkrampfte sich mein Körper. Ich stieß Schreie aus, mir wurde schwarz vor Augen; ich nahm wahr, wie Eric mich vor dem Fall auffing. An alles Weitere konnte ich mich nicht mehr erinnern.
Die Ärzte meinten, mein Zusammenbruch sei ein Schwächeanfall, zu wenig Schlaf, zu wenig gegessen und die äußeren Umstände. Sie fragten nach Art und Dauer meiner Symptome. Ließen meinen Schädel röntgen, darauf folgte ein MRT, und natürlich zapften sie mir Blut ab. Schließlich gaben sie mir die nötigen Medikamente, um einen erneuten Zusammenbruch zu vermeiden. Doch die lähmenden, stechenden Kopfschmerzen waren zurück, aber ich würde sie ertragen.

Kapitel 11

„Wo bin ich?"
„Schatz, Kayla, oh Gott! Eric, sie ist wach!"
Nach der Geburt meiner Tochter war das wohl das schönste Gefühl, was ich je wieder erfahren durfte.
Nach Tagen des Bangens wachte sie endlich auf.
Ich küsste sie und hielt sie fest. Dieses Gefühl ließ die Sorgen und Ängste vergessen.
„Mutter, was ist passiert?"
Jetzt stürmte auch Eric auf das Bett zu und umarmte sie fest.
„Du, du bist im Krankenhaus. Alles wird wieder gut."
Heiser sprach sie ihre ersten Worte. Momente, in denen ich nicht wusste, ob meine Tochter je wieder ein Wort über die Lippen bekommen würde, waren vergessen. Sie hätte in diesem Moment alles sagen oder tun können.
„Okay, so lange bin ich noch nie in einem Bett geblieben."
Aber ihr kleiner Scherz fand keinen Anklang. Sie blickte in besorgte und ängstliche Gesichter. Sie ahnte nicht, was das alles mit sich gebracht hatte.
„Ihr macht ja Gesichter, und wann darf ich hier wieder raus?"
„Du wirst, sobald du wieder auf den Beinen bist, für einige Zeit in eine Rehaklinik gehen." Mein Tonfall war bestimmend, die eben noch fröhliche Stimmung war verflogen.
In dem Moment kam einer der Ärzte herein, er wandte sich erst mal den Geräten zu, sah erleichtert in unsere

Richtung und notierte etwas auf dem Krankenblatt.
„Du spinnst wohl, Mutter! Dad, sag was, ich gehe in keine Rehaklinik."
„Schatz, so leid mir das tut, aber es liegt nicht mehr in deiner Entscheidung, zu beschließen, was für dich gut ist oder wohin du gehst."
„Ihr könnt mich nicht zwingen."
„Kayla, Miss Cunningham." Der Arzt sprach mit beruhigender Stimme weiter: „Das ist kein Spiel, es geht um Ihr Leben. Ihr Leben, das Sie aufs Spiel gesetzt haben."
Sie drehte sich zu uns um: „Wenn ihr das tut, werde ich euch das niemals verzeihen."
„Eric, gehen wir für einen Moment nach draußen."
Er folgte mir wortlos auf den Gang, wo es nach Desinfektionsmitteln roch und das grelle Neonlicht uns blendete.
„Du bist doch meiner Meinung, oder?"
Er lehnte sich an die Wand, starrte für einen Moment zu Boden, bevor er sein Gesicht in seine Handfläche rieb.
„Ja, ich meine. Vielleicht gibt es ..."
Ich unterbrach ihn lautstark: „Nein, gibt es nicht! Eric, sie hat versucht, sich das Leben zu nehmen! Sie in eine Rehaklinik zu bringen, ist das einzig Richtige, was ich als Mutter vielleicht je getan habe."
„Ich weiß, aber dir muss bewusst sein, dass du sie vielleicht für immer verlieren wirst."
„Dann ist es eben so. Ich werde ihr nicht noch mal beim Sterben zusehen."
„Vielleicht gibt es eine Möglichkeit."

„Welche denn? Ich wüsste keine!"
Der Oberarzt unterbrach unser Gespräch. „Mrs. Cunningham, würden Sie mir bitte in mein Büro folgen?"
Er klang ernst. Und wie er die Frage formulierte, wusste ich im Eigentlichen, dass es keine Frage war. Mein Blick folgte dem Menschen, der meine Tochter behandelte und vermutlich den größten Teil dazu beitrug, dass sie noch am Leben war. Als er mich in sein Büro bat, ahnte ich nicht, dass es gleich um mich und nicht um meine Tochter gehen würde.
„Nehmen Sie bitte Platz!"
Sein Büro war sehr schlicht, sehr kühl und nüchtern eingerichtet; irgendwie spiegelte es auch seine Art wider. Der Ledersessel war unbequem; ebenso fühlte ich mich, mir war nicht wohl bei der Sache, ich ahnte aufgrund seiner verkniffenen Miene, dass er keine guten Nachrichten hatte. Hundert Gedanken kreisten mir durch den Kopf.
„Mrs. Cunningham, wir haben Ihre Befunde nun vorliegen, und ich möchte diese gerne mit Ihnen besprechen. Möchten Sie vielleicht Ihren Mann dabei haben?"
„Wieso? Stimmt etwas nicht?"
„Vielleicht wäre es besser, wenn jemand aus Ihrer Familie dabei wäre."
„Dr. Greyham, ich bitte Sie! Kommen Sie zur Sache!"
„Ich habe leider keine guten Nachrichten für Sie."
„Davon ging ich nie aus." Ich hoffte jedoch, ohne es laut auszusprechen, dass sie erträglich wären.
„Sagen Sie mir, was los ist, und bitte so, dass ich es

auch verstehe!"

„Das Röntgenbild von Ihrem Schädel zeigte etwas Verdächtiges auf, woraufhin wir das MRT mit Ihnen durchgeführt haben. Leider hat das MRT unseren Verdacht bestätigt."

Verdacht?

Wieso drehte es sich plötzlich um mich, mich interessierte es nicht, ob ich vielleicht eine Gehirnerschütterung hatte oder eine Beule am Kopf. Meine ganzen Gedanken galten einzig und alleine meiner Tochter.

„Und?" Ich schüttelte ungeduldig den Kopf.

„Mrs. Cunningham, es tut mir leid, aber ich weiß nicht, wie ich es am besten formulieren sollte. Ich hasse diesen Teil meines Jobs."

Ich hörte den Sekundenzeiger schlagen und mein Herz; es vergingen gefühlte Stunden, bis er endlich den Satz beendete.

„Sie haben ein Glioblastom, ein höchst bösartiger und sehr schnell wachsender Hirntumor, er geht von den Stützzellen des Gehirns aus."

Er schob mir ein Blatt entgegen, auf dem es wahrscheinlich geschrieben stand.

Doch ich startete nicht einmal den Versuch, es zu lesen.

„Einen Tumor?"

Er nickte kopflos und rieb sich mehrmals über seine Augen, bevor er weitersprach: „Es tut mir sehr, sehr leid."

Er faltete die Hände und starrte das Blatt an. So als würde er beten.

„Ich verstehe nicht, sind Sie sich sicher?" Die Kehle

wurde trocken; ich musste mehrmals schlucken.

Seine Antwort war leise und fast zu überhören, aber sie war da: „Ja."

Er legte die Akte beiseite und wollte mit seinem Blick wohl aufmunternd wirken.

„Ein Glioblastom wachst infiltrierend, das heißt, diese Art von Tumor ist nicht scharf vom umliegenden Gewebe getrennt."

„Ich, ich werde doch wieder gesund, oder?"

Er konnte nicht länger meinem Blick standhalten, stattdessen betrachtete er wieder seine Hände. Jetzt war es, als würde sich ein Messer durch meinen Magen bohren. Gänsehaut überkam mich, als ich die nackte Wahrheit in seinen Augen ablesen konnte.

Er teilte mir jegliche Behandlungstherapien und Strahlentherapien mit; im Grunde waren es nur Therapien, die meinen Tod hinauszögern und meine sogenannte „Lebensqualität" erhalten sollten.

Seine Augen zeigten, was er nicht aussprechen durfte oder wollte. Aber ich konnte es dennoch klar und deutlich erkennen: Ja, ich würde bald sterben.

Ich hob meine Hand und unterbrach seine Rede, der ich schon lange nicht mehr folgte.

„Sagen Sie mir die Wahrheit! Habe ich auch nur die geringste Chance?"

„Eine Operation mit Entfernung des Tumors könnte das Fortschreiten der Erkrankung verlangsamen, aber nicht dauerhaft verhindern, da nach einer Operation einzelne Zellen im Randbereich verbleiben, die wieder anfangen zu wachsen."

Gerade lag meine Tochter noch im Sterben, und jetzt

war ich es, die sterben würde. Mein Leben war wie ein Minenfeld, egal wo man hintrat, im nächsten Moment drohte eine Explosion.

„Wenn wir sofort mit der Behandlung anfangen, können wir vielleicht noch ein paar Monate dazu gewinnen. Wir müssten als Erstes anhand der ..."
„Wie lange?"
„Das kann ich Ihnen wirklich nicht sagen ..."
„Wie lange?"
„Also, wenn wir den Tumor entfernen, was auch schwere Nebenwirkungen haben könnte, und Sie vielleicht ..."
„Ein Jahr?"
„Vielleicht ein Jahr, wenn's gut geht, vielleicht aber auch nur ein halbes Jahr."
„Wenn ich die OP nicht mache?"
„Dann vielleicht bloß Monate, zwei oder drei. Vielleicht ein halbes Jahr."
„Das reicht mir."
„Wie bitte?"
„Das reicht mir."
„Mrs. Cunningham, ich weiß, für die meisten Patienten ist das schwer zu verkraften, und Sie haben sicher eine Menge Fragen. Wir haben ein Team, ein großartiges Team, wir ..."
„Nein, das ist es nicht, mein Entschluss steht fest."
Mein Entschluss stand zwar fest, ich wirkte weiterhin gefasst und sicher, obwohl es mir sprichwörtlich den Boden unter den Füßen wegriss und mir tausend Gedanken durch den Kopf jagten.
Dr. Greyham nahm langsam die Farbe seines weißen

Kittels an. Ich war amüsiert, dass ich einen gestandenen Oberarzt doch noch aus seinem Konzept bringen konnte. Ich reichte ihm meine Hand zum Abschied und bedankte mich für die Diagnose.

Seine Blicke erklärten mir, ich sei völlig verrückt, aber das hielt mich nicht davon ab, sein Büro zu verlassen. Als ich bei der Tür angelangt war und mir meine schwarze Jacke zuknöpfte, unternahm er den letzten Versuch, um mich zum Bleiben zu bitten.

„Mrs. Cunningham, Sie haben eine Tochter, wollen Sie nicht alles versuchen?"

Dass er jetzt mit solchen Geschützen auffuhr, ging mir sehr nahe.

„Ich weiß, Sie haben Angst vor der OP, vor der Chemo, den ganzen Nebenwirkungen, aber das ist ein Kampf, und den können Sie ..." Er schluckte und versuchte, den Satz irgendwie zu beenden. „Zumindest Zeit gewinnen."

„Dr. Greyham, ich habe mein ganzes Leben lang gekämpft, ich habe so gekämpft, jetzt will ich einfach leben. Und wenn es lediglich Monate sind, ich habe es satt, zu kämpfen."

„Sie müssen dennoch ..."

Ich unterbrach. „Ich muss gar nichts, in ein paar Monaten sterben, okay. Deswegen will ich an mein Leben denken und es in guter Erinnerung behalten. Und nicht an Desinfektionsmittel und weiße Kitteln denken."

„Ihr Mann kann Sie dabei unterstützen. Machen Sie jetzt nicht den Fehler und kämpfen alleine!"

Es war alles gesagt.

Kapitel 12

An einem Montag bekam ich das Ende unserer Ehe schwarz auf weiß präsentiert. Eric brachte mir die Scheidungspapiere, in den üblichen Bermudas und einem Hawaiihemd. Er hatte sich verändert, er war nicht mehr der Mann, den ich kennengelernt hatte. Er war glücklich.
Wortlos folgte ich ihm in die Küche, während ich innerlich die Bilder unserer Ehe hervorrief. Es mag merkwürdig erscheinen, aber ich sah in diesem Moment allein die schönen Ereignisse, die uns verbanden. Welch ein fürsorglicher Vater er gewesen war, wie er bei jedem noch so kleinen Detail im Haus selbst Hand angelegt hatte. Wie er unserer Tochter im Garten alles Mögliche beigebracht hatte. Nach all den Jahren war ich an einem Punkt angelangt, an dem der Zorn verflogen war.
„Eric."
„Ja?"
Er drehte sich zu mir, legte die Papier auf die Marmorplatte und holte tief Luft.
„Wir haben es versucht, das muss man uns doch hoch anrechnen oder nicht, Rachel?"
„Nur manchmal reicht es nicht."
Eric schaute mich an. „Alles in Ordnung? Du siehst so blass aus."
Wortlos unterschrieb ich die Papiere.
Klar und deutlich sprach ich es dann aus: „Ich bin krank."
Ich traute mich nicht, in seine Augen zu blicken, denn

ich wollte nicht hören, was ich sagte und ich wollte nicht sehen was ich sagte. Deshalb starrte ich auf die Papiere, dann aus dem Fenster.

Bis er reagierte, einen Schritt auf mich zumachte und mich zwang, ihn anzusehen. „Was ..., was redest du?" Er lächelte, hielt es womöglich für einen Scherz.

„Hat es was mit deinem Zusammenbruch zu tun? Rachel?" Er umfasste meine Schultern. „Rachel, sprich mit mir!"

„Eric, es sieht nicht gut aus."

Eine lange Pause, in der ich nach und nach zusehen konnte, wie seine Mundwinkel nach unten wanderten. Ich sprach weiter: „Es sieht wohl so aus, als würde ich bald ..."

Es folgte eine weitere schier endlos lange Pause, in der er mich bloß anstarrte.

„Rachel?"

Mit meinem linken Zeigefinger tippte ich mir auf die Lippen, vielleicht wollte ich die Diagnose herausklopfen. Keine Ahnung, wieso ich es nicht fertig brachte, es laut auszusprechen.

Blässe trat hinter seiner Karibikbräune hervor. „Was ist los?"

Ziehe es ab wie ein Pflaster, schnell und schmerzlos!, dachte ich.

„Es wuchert wohl ein bösartiger, sehr schnell wachsender Tumor in meinem Gehirn. Ich habe mich gegen eine Therapie entschieden. Also ..."

„Rachel. Stopp, warte mal! Ich verstehe gerade nicht, was jetzt vorgeht. Machst du mit mir Scherze? Wenn ja, finde ich das nicht komisch."

Ohne auf seine sichtlich irritierte Frage einzugehen, fuhr ich fort, ich versuchte, ihm die Umstände irgendwie zu erklären: „Als ich vor ein paar Tagen in der Klinik zusammengebrochen bin, da haben die Ärzte Röntgenbilder, ein MRT und einige Untersuchungen, von denen ich nichts gewusst habe, gemacht. Na ja, es hat sich herausgestellt, dass ich Krebs habe und er bereits sehr weit vorgeschritten ist."
„Vielleicht irren sie sich, das kommt vor. Vielleicht haben sie deine Ergebnisse vertauscht?"
Ja, das wäre wohl die Wunschvorstellung von jedem, aber ich schüttelte den Kopf.
„Welche Therapie haben sie vorgeschlagen?"
„Ich werde keine machen."
„Was heißt, du willst keine machen? Das kann man sich nicht aussuchen, soweit ich weiß."
„Doch, denn sie würden alle nichts bringen, sie würden mein Leiden nur hinauszögern."
„Aber du hast eine Tochter, du hast ein Leben. Wie, wie soll das?…"
Ich merkte, wie meine rechte Hand verkrampfte. Als würde ich einen kleinen Ball in meiner Hand halten, versuchte ich, mit der anderen Hand die Finger wieder gerade zu biegen.
„Alles in Ordnung? Was ist mit deiner Hand?"
„Nichts, alles in Ordnung. Mir geht's gut."
Die Muskulatur entspannte sich, und ich sah meine Hände eine Weile an, bevor ich weitersprach. „Das Einzige, was ich jetzt für unsere Tochter tun kann, ist, dass sie mich in guter Erinnerung behält. Und ich hoffe, dass sie das Beste aus ihrem Leben macht. Mehr

kann ich nicht für sie tun."

„Hör auf, so zu reden! Wir werden Ärzte finden, die die ..." Er rang nach Worten, fuhr sich durchs Haar und suchte etwas in der Ferne, als läge die Antwort im Raum und er müsse sie nur finden.

„Eric, es ist okay." Ich legte meine Hand auf seine, wollte ihn irgendwie beruhigen; ich hatte keine Ahnung, woher ich die Kraft nahm.

„Nein, Rachel, hör auf, du wirst nicht sterben. Das geht einfach nicht."

Er war betroffen und wusste zugleich, dass es mir ernst war.

Der Entschluss, den ich gefasst hatte, war ebenso mein letzter Wunsch. Es folgte eine tiefe und innige Umarmung, die innigste, die wir wahrscheinlich je hatten.

„Pass mir gut auf unser Kind auf, hörst du, Eric!"

„Sag so was nicht!"

„Ich will nicht, dass sie mich hasst."

„Sie hasst dich nicht."

„Ich glaube, es ist an der Zeit, zurück zu gehen. Nach Hause. Nach Irland."

Diese Wörter sprachen aus, was mir so lange auf der Seele brannte.

„Zu ihm?"

Mein Lächeln gab ihm die Antwort.

„Einfach nach Hause."

„Geh nach Hause, ich werde mich hier um alles Weitere kümmern."

Das war Eric, so war er. Nur wir beiden wussten, was er mit seinem Blick sagen wollte. Der Mensch, der mich damals kennen und lieben lernte, wurde erwachsen und zeigte Größe, wahre Größe.

Am selben Abend ließ ich den Tag wieder und wieder Revue passieren, es war dunkel geworden. Ich holte mir eine Flasche Wein aus dem Regal. Dazu die teuren Gläser, die guten, die wir nur an wirklich guten Tagen nahmen. War heute so ein guter Tag oder sparten wir uns Dinge auf, weil wir auf die wirklich guten Tage hofften, die manchmal doch nie kamen? Und dann musste ich weinen, mir 20 Jahre Ehe von der Seele weinen. Ich weiß nicht mehr, wie viel Wein ich dabei trank, es waren Flaschen, verteilt auf Tage, mit dem Gedanken, nicht sofort alles wieder zu verwerfen und einfach hier am Boden liegen zu bleiben.
Das vertraute Geräusch des Wagens, der über den Kies fuhr, war zu hören; es war der Wagen von unserem Fahrer. Gerald spähte durch die Tür herein. Ich saß inzwischen auf der Treppe, vor mir mein Koffer. Das Kuvert in den Händen wendete ich mehrmals. Es war für eine Person, bei der ich mich nicht bloß mit einem „Goodbye" verabschieden konnte. In dem Kuvert befanden sich ein Brief, zwei Seiten Dankeschön, und ein Scheck. Das war doch der Sinn vom vielen Geld. Es zu teilen oder nicht?!
„Können wir?", fragte Gerald kaum hörbar.
„Einen Moment noch, ja?"
Er nickte und schloss die schwere, weiße Tür, ließ mir diesen letzten Moment, in dem Haus, in dem ich fast zwanzig Jahre gelebt hatte. Unser Familientraum.

Kapitel 13

Irland

Einen Fuß vor den nächsten setzen. Rechts, links, das kann doch nicht so schwierig sein, dachte ich. Verbissen konzentrierte ich mich auf meine Schritte. Doch ich musste mir eine Pause gewähren. Den Strand, an dem ich quasi meine ganze Kindheit verbracht hatte, ging ich entlang. Ich war ewig nicht mehr hier gewesen, und doch war es mir so vertraut, wie nie zuvor. Irgendetwas in mir gab mir zu verstehen, dass ich langsam angekommen sei.
Mit einer Hand hielt ich meine Weste fest, der Wind blies stark, mir wurde kalt. Jede Bewegung verlangte mir einiges an Kraft ab, doch das Rauschen des Meeres gab mir so einiges zurück. Ich inhalierte die frische kalte Luft und schloss meine Augen, sodass ich mich ganz auf das Peitschen der Wellen konzentrieren konnte.
Eine ganze Weile saß ich einfach so da und beobachtete das Meer, ein Schauspiel der Natur, welches unheimlich beruhigend war. Langsam ging mir die Kraft aus. In den letzten Tagen blieb kaum noch Nahrung in meinem Magen, mein geschwächter Körper wog mittlerweile einige Kilo weniger. Ich hatte noch nie wirklich viel auf den Rippen gehabt, aber jetzt war es erschreckend, wie sich die Knochen abzeichneten. Dennoch weilten meine Gedanken nicht allein bei mir, sondern bei meiner Tochter.
Sie hatte mich nicht zurückgerufen, ich ließ das Handy

wieder zurück in meine Weste fallen.
Eine Hand auf meiner Schulter riss mich aus meinen Gedanken.
„Schau, was ich uns mitgebracht habe?"
„Gratuliere, du lernst schnell."
Er hielt die Flasche Rotwein in die Höhe.
„Wie geht's dir heute?"
„Mir geht's gut, wirklich gut."
„Das ist doch schön, zu hören!"
Ein breites Grinsen und mit einem Ruck zog er den Korken aus der Flasche. Wir tranken also diesen billigen Wein aus diesen Papierbechern, und ich grinste, als ich mich an etwas erinnerte: „Weißt du noch, damals in der Zeit als du Dauerwelle getragen hast und jeden für einen Snob gehalten hast, der Rotwein trank."
„Was? Also erstens, ich hatte keine Dauerwelle, das war von Gott gegebenes Volumen, und zweitens waren das Snobs!"
„Mhm."
„Na komm, so schlimm waren die 80er auch nicht."
„Nein, nein, wärst du nicht gewesen, hätten wir modetechnisch einiges verpasst. Wir hatten dir damals echt einiges zu verdanken."
Er kniff mich in den Arm; wir mussten lauthals lachen. Er legte einen Arm um mich, so wie er es fast immer tat.
Ich senkte den Kopf an seine Schulter und seufzte laut.
„Erzähl, wie geht es deiner Tochter?" Die Art und Weise, wie er mit mir sprach, war für mich stets wieder aufs Neue faszinierend. Wir waren Jahre lang tausende von Kilometer getrennt gewesen und doch so nah.

„Sie hat aufgehört, sich für irgendetwas zu interessieren. Als sie klein war, spielte sie Klavier, jeden Tag, sie hatte Talent – das stand wahrlich außer Frage. Aber irgendwann hat sie dann aufgehört, irgendwann, als Eric und ich zu oft ihre Vorspielabende versäumten. Ich weiß es noch, als wäre es gestern gewesen, unser Fahrer holte sie ab, und sie weinte bitterlich. Sie sah mich nicht an, als sie zur Tür hereinkam. Sie ging zu ihrem Kindermädchen und suchte Trost. Sie war oft alleine, viel zu oft. Später hat sie falsche Freunde kennengelernt; sie hatte zu viel Geld, nahm Drogen, immer wieder mehr, sie ..." Die Stimme versagte, ich hielt mir die Hand vor den Mund, als wollte ich die Worte nicht aussprechen, geschweige denn hören.
Er streichelte über meinen Arm, und sprach mit mir in einem sanften, beruhigenden Ton.
„Wie geht's ihr?"
„Ihr wird jetzt geholfen, Liam. Doch ich, ich war ihre Mutter und konnte ihr nicht helfen! Stell dir das mal vor! Ich bin eine echte Versagerin."
„Es ist nicht deine Schuld."
„Ach nein, und wieso wache ich dann nachts auf und hasse mich für jeden Tag, an dem ich nicht für sie da war. Und es waren so viele Tage, Liam, es waren zu viele!"
Ich schwemmte das Gesagte mit Wein runter. Wischte mir mit dem Handrücken das letzte bisschen Wein von den Lippen.
„Wo ist sie jetzt?"
„In einer Klinik, weil ich als Mutter versagt habe, ist meine Tochter in einer Rehaklinik."

„Du hast nicht versagt, schau nur, was aus dir geworden ist! Sieh dich an, was du erreicht hast!"
„Das tue ich, das ist wirklich nett von dir, aber ich sehe mich nicht."
„Dann siehst du nicht den Menschen, den ich sehe."
„Der bin ich schon lange nicht mehr."
„Sei nicht so hart zu dir!"
„Sag mir, dass mein Kind wieder gesund wird."
„Sie wird eine tolle Frau werden, so wie ihre Mutter."
„Ach ja, in ein paar Jahren wird sie mich vergessen haben oder sich nur an eine Frau erinnern können, die nie da war. Die Elternsprechtage versäumte, die überall war, aber nie an der Seite ihrer Tochter."
„Du kannst nicht rückgängig machen, was passiert ist, aber sie liebt dich, weil auch sie weiß, dass du ein guter Mensch bist, davon bin ich überzeugt."
„Ich bin davon weniger überzeugt. Ich kann es ihr nicht mal verübeln."
„Sie wird dir verzeihen, aber viel wichtiger ist, dass du dir verzeihst."
Und so saßen wir einfach nebeneinander, ein, zwei Stunden, lachten, ließen die Vergangenheit in unsere Geschichten einfließen und merkten erst, als es mich fröstelte, wie spät es geworden war.
„Ich sollte langsam nach Hause gehen."
„Komm mit, meine Frau hat gekocht, und es ist bestimmt etwas für dich dabei."
„Ich kann mich nicht aufdrängen. Genieße die Zeit mit deiner Frau!"
„Rachel, komm mit! Das war eine Einladung." Die Haut um seine Augen legte sich in Falten, auch sein

restliches Gesicht war vom Leben gezeichnet, dennoch blickte ich in die Augen derselben Person, wie zig Jahre zuvor.

„In dem Fall nehme ich die Einladung gerne an."

Als ich sein Haus betrat, war es genauso, wie ich es mir vorgestellt hatte. Rustikal, ohne viel Schnickschnack und vor allem sehr gemütlich. Im offenen Kamin brannte ein Feuer. Schüchtern blieb ich immer ein paar Schritte hinter ihm und beobachtete jedes Detail im Haus, bis wir in der offenen Küche ankamen, wo seine Frau neben dem Herd stand und heftig etwas rührte.

„Elisabeth."

Sie spähte über die Schulter, und ich schaute in ihr hübsches Gesicht. Lächelnd drehte sie sich zu uns um. Einen Augenblick war ihr Lächeln unterbrochen, als sie meinen von Krebs gezeichneten Körper bemerkte, doch rasch blickte sie verstohlen zu Liam. „Hallo Schatz, wen hast du denn mitgebracht?"

Die Frage war nicht ernstgemeint. Denn auch sie dürfte es inzwischen mitbekommen haben, dass ich wieder hier war. Jeder bekam es mit.

Sie reichte mir, noch bevor er begonnen hatte, zu sprechen, ihre Hand.

„Rachel, das ist Elisabeth, meine Frau."

Ich erkannte für eine Sekunde, was passierte, als er den Namen „Rachel" laut aussprach, irgendetwas in ihrer Mimik versteifte sich, und die Situation wirkte angespannt.

„Es freut mich sehr, Elisabeth."

„Mich auch Rachel, mich auch."

Sie schenkte mir ein höfliches Lächeln und drehte sich

zum Ofen.
„Bleiben Sie zum Essen?"
Liam antwortete ihr und deckte fortan den Tisch.
Nach wenigen Minuten kamen auch seine Kinder, eine schöner als die andere. Zwei Mädchen, und eines davon sah Liam wie aus dem Gesicht geschnitten aus. Am Tisch folgte Konversation über das Alltägliche, nichts Ernstes, nichts Trauriges, lediglich Gespräche einer normalen Familie und mir.

Kapitel 14

„Solltest du dich nicht schonen? Etwas schlafen?"
„Nein, mir geht es gut, wirklich, Mum, mach dir bitte keine Sorgen. Ja?"
Sie verließ wieder das Badezimmer, ohne einen weiteren Versuch, mich umzustimmen, und ich schloss die Tür. Nahm die Medikamente, die meine Schmerzen lindern sollten, heimlich. Auf diese Weise hatte ich zumindest das Gefühl, ein normales Leben zu führen. So konnte nichts den Anschein erwecken, ich sei krank; dieser Gedanke war erleichternd. Nur mein Äußeres war verdächtig, daher trug ich eine Extraschicht Rouge auf.
„Wann schaffst du es, mich einmal nicht warten zu lassen?"
„Dich muss man warten lassen."
„Ach so?"
Er startete den Motor, es war, als wäre es damals.
„Verrätst du mir jetzt, wohin wir fahren?"
„Nein."
„Nur zur Info, ich habe Krebs, also ich bin etwas eingeschränkt."
„Ach, die Ausrede zählt heute nicht."
Dieser Blick, dieses einzigartig schelmische Grinsen, ließ mich jedes Mal weich werden. Nicht nur seine Art brachte mein Herz zum Rasen und sorgte für feuchte Hände, nein, auch sein unverschämt gutes Aussehen. Während ich mehr und mehr verfiel, sah er mit jedem Tag besser aus. Seine Haare waren an den Schläfen nun grau meliert, ebenso sein Bart. Ohne Frage, er

könnte für seine Schafmilch selbst als Testimonial vor der Kamera stehen; jeder würde ihm seine Milch aus der Hand reißen.

Während wir durch die Straßen fuhren, beobachtete ich jedes Detail, jedes Objekt. Es hatte sich viel geändert. Dass aus dem Pub ein Imbissladen gemacht worden war, hatte ich schon von meiner Mutter erfahren. Traurig, wie ein Stück Geschichte von einer Imbissbude ausradiert wurde.

Liam brachte den Wagen zum Stehen und hetzte von seiner Seite zur Beifahrerseite. Galant öffnete er mir die Tür.

„Wow, deine Frau hat ja wahrlich einen Gentlemen aus dir gemacht!"

„Hey, was redest du? Das war ich doch von jeher?"

Ich hakte mich bei ihm ein und stieg aus dem Wagen.

Als ich heute Morgen aufgewacht war und mich zweimal übergeben musste, wusste ich, es würde kein guter Tag werden.

Und während ich mir den Mund abtupfte, dachte ich darüber nach, wie wir ständig alles aufschoben: auf morgen, auf nächste Woche, eben auf einen guten Tag. Zuerst Karriere, Geld verdienen, ein Haus kaufen. Kredite abbezahlen und dann, wenn wir glauben, es sei an der Zeit. Dann wollen wir leben, ohne einmal in den Spiegel zu sehen und sich dabei zu fragen, wo die Zeit geblieben ist. Ein wenig wehmütig und ein wenig traurig, als hätten wir ewig Zeit.

„Rachel, geht's dir gut? Alles okay?"

„Ja, ja, es ist alles okay."

Nichts war okay. Es war nicht schleichend, dass mir die Kräfte ausgingen, nein, es kam wie eine Lawine, die nicht aufhören wollte, mir die letzten Kräfte zu überlassen.
„Hey, wir müssen das nicht machen, du bist krank; vielleicht brauchst du ein bisschen Ruhe."
„Ich will mich bloß kurz hinsetzen, einen Moment, danach geht es schon wieder."
Wortlos öffnete er mir wieder die Autotür; ich setzte mich, dabei kramte ich in meiner Tasche nach Schmerztabletten.
„Ich komme mir so blöd vor, dass ich dich hierher gebracht habe. Es tut mir leid."
„Was redest du, ich bin gerne hier. Mit dir!"
Er drückte meine Hand.
Die Schmerzen in meinem Kopf gingen mir durch Mark und Bein.
„Liam?"
„Ja."
Er kniete sich zu mir und versicherte sich, dass es mir gut ginge.
„Komm, wir fahren nach Hause, es ist zu viel für dich. Es tut mir leid, es …"
„Nein!"
Verbissen versuchte ich, den Schmerz wegzulächeln und hoffte, die Tabletten würden endlich wirken.
„Nein, heute ist ein guter Tag."
Er lächelte mit fragendem und sichtlich irritiertem Blick. „Ja, da hast du wohl recht."
Liam half mir auf, er ließ meine Hand erst wieder los, als wir kurz vor unserem Ziel angelangt waren.

„Na, Hunger?"
„Hunger?"
Ich wusste nicht, wann ich das letzte Mal Hunger hatte. Sein Blick war der, den ich nicht wollte, jener Blick, den jeder unwillkürlich aufsetzte, wenn er mich ansah.
„Weißt du noch, als wir damals da rein wollten?"
Er zeigte auf das kleine Restaurant am Strand, jenes Lokal, welches über die Stadt hinaus für seinen guten Fisch bekannt war.
Wie er es sagte, wie er es präsentierte, hatte es den Anschein, als hätte er gerade ein Kunstwerk erschaffen und wolle es mir zeigen. Es lag auf einem Steg und war blau-weiß gestrichen.
„Ja, irgendwie haben wir es nie geschafft."
„Lass uns reingehen! Dir ist sowieso schon wieder kalt, das sehe ich, und essen musst du auch."
„Was? Jetzt?"
„Ja, jetzt." Liam klatschte in die Hände, während ich meinen Kopf schief legte und den letzten Versuch unternahm, ihn umzustimmen.
„Aber ich, ich ..."
„Bis dir eine Ausrede einfällt, sind wir längst wieder zurück."
„Ich weiß nicht, ob das so eine gute Idee ist."
„Was essen? Doch, ich glaube sogar, das ist eine überlebensnotwendige Idee."
„Für manche ja."
Er mochte den Galgenhumor nicht, aber ich war mir sicher, würde es nicht mich betreffen, würde er auch darüber lachen.
„Nein, sieh mich nicht so an! Du musst essen, du siehst

furchtbar aus."

„Danke, für deine schmeichelnden Worte." Mit einem schmollenden Mund streckte ich ihm meine Hand entgegen.

Vor dem Restaurant brannte ein Feuerkorb, über der Tür war ein großer Fisch aufgezeichnet. Rechts daneben war eine Tafel, woran das heutige Menü angeschlagen war.

Als wir reinkamen, war ich geblendet, der rote Sonnenuntergang hypnotisierte mich. Direkt am Fenster war noch ein Platz für uns frei. Hier konnten wir die letzten Augenblicke der sich verabschiedenden Sonne erhaschen.

„Hast du es dir so vorgestellt?", fragte ich ihn und sah mich dabei weiter um.

„Nein, nicht ganz so kitschig."

Weiße Sessel, blaue Sitzpolster, schwarz-weiße Fotografien an den Wänden, und an jedem Tisch sorgten Kerzen für eine romantische Stimmung. In der Ecke saß sogar ein Piano-Spieler, der aus seinem Smoking schon etwas herausgewachsen war. Sein Hemd spannte am Bauch, ich befürchtete, ein Knopf könnte jeden Moment nachgeben. Er haute in die Tasten, als gäbe es kein Morgen.

Vermutlich sollte ich jetzt den Kopf schief legen und verträumt dahin schmachten. Doch ich musste lachen, laut lachen. Rasch drehte ich mich zum Fenster, ein schwacher Versuch mich unter Kontrolle zu kriegen.

Liam starrte ihn mit offenem Mund an und dachte wohl darüber nach, ob er ihn vom Hocker hauen sollte.

„Du bist gemein, Rachel."

Liam las nun wieder in der Speisekarte und schüttelte den Kopf. Aber er biss sich auch auf die Lippen.
„Sieh nur, wie er sich bemüht, er gibt echt alles."
„Ja."
Der Kopf vom Pianisten wippte auf und ab, wie ein Huhn, was gerade Körner aufpickte.
„Und wie er seine Lippen dazu bewegt, sein Ausdruck. Wahnsinn!"
„Mhm."
„Und mit welcher Leidenschaft er das Pedal tritt. So, wie ich damals das Gaspedal meiner ersten Karre, wenn ich einen Hügel raufwollte. Hey Lady, das war echt harte Arbeit."
Da prustete ich wieder los. Hielt mir die Hand vor den Mund und tupfte mir mit der Serviette eine Träne aus dem Augenwinkel.

Nachdem der Kellner uns eine Flasche Wein serviert hatte, musste ich einfach fragen, auch wenn es die Stimmung vielleicht zerstören würde, aber es musste raus: „Was sagt eigentlich deine Frau dazu?"
„Wozu?"
Ich hob die Arme und zeigte auf uns.
„Na zu dem allen hier, zu uns. Dazu, dass du so viel Zeit mit mir verbringst."
Er nahm einen Schluck vom Rotwein, stellte das Glas wieder behutsam ab und umfasste nur mehr den Stiel, schwenkte den Wein, während er zu erzählen begann: „Sie kann mir nichts vorwerfen. Wir verbringen doch nur Zeit miteinander. Ich hingegen kann ihr etwas

vorwerfen."
Er redete nicht weiter, wir wussten beide, was er meinte. Er musste es nicht laut in den Raum sagen.
Liam ergänzte: „Aber ich liebe sie, dafür, dass sie die Mutter meiner Töchter ist. Sie sind so zauberhaft, sie sind alles."
Ich lächelte ihn an, nahm mein Glas Wein, hielt es ihm entgegen.
„Auf unsere Töchter!"
„Auf unsere Töchter!" Wiederholte er, während auch er sein Glas hob.
Stunden verstrichen, die Tische um uns wurden leer, und die Kellner spähten unentwegt in unsere Richtung, in der Hoffnung, wir würden uns auch bald auf den Weg machen.
Schließlich, fünf Stunden später, verließen wir den Tisch. Vor dem Restaurant nahm er meine Hand, was mich dazu brachte, ihn anzuschauen.
„Ich habe oft an dich gedacht, Rachel, und daran, was gewesen wäre, wenn wir zusammengekommen wären."
Ich schluckte, blinzelte, wollte sagen, dass es mir nicht anders ergangen wäre. Doch die Worte wollten nicht kommen. Sein Blick fesselte mich, und da passierte etwas.
Er streichelte mir über die Wange, kam näher. Legte mir meine Haare zur Seite.
Instinktiv griff meine linke Hand nach der anderen, ich wollte einen Krampfanfall vermeiden. Das Kribbeln kündigte ihn an.
Er nahm meine Hände, drückte sie fest und küsste sie.

Meine rechte Hand zitterte, ich wollte nicht, dass er merkte, was passierte. Ich traute mich nicht, in seine Augen zu sehen. Er ließ meine Hände los, seine Hand wanderte zu meinem Kinn. Er küsste mein Stirn. Als wären wir wieder Teenager, als hätte uns nie etwas getrennt. Von der einen auf die andere Sekunde war alles gut.

An den darauffolgenden Tagen benahmen wir uns auch ein wenig wie Teenager. Kurze Zeit war es so, als wäre ich nicht krank, und wir würden eine zweite Chance bekommen.

Bis mich an einem Tag wieder meine Krankheit einholte.

Es fiel mir stetig schwerer, die Augen offen zu halten. Ich war so müde. Jetzt war ich hier in meinem Bett, in dem Zimmer, in dem ich aufgewachsen war.

Ich legte den Stift zu Seite. Der Umschlag des Buches, er war aus Leder, ließ es wie ein Tagebuch wirken. Ich blätterte jede einzelne Seite durch.

Die Tür ging auf. In der nächsten Sekunde sah ich einen Fuß, der die Tür aufschob. Liam trug grinsend ein Tablett herein.

Ich legte das Buch zur Seite.

„Ich bringe dir Essen."

„Ich habe aber keinen Hunger."

„Na los, es ist Frühstück."

„Es ist Nachmittag, und ich habe keinen Hunger."

„Das hast du doch immer so gerne gegessen."

„Aber, ich bin kein Kind, hör auf, so mit mir zu reden!"

Im selben Moment bereute ich den Tonfall. Ich wollte nicht trotzig klingen, tat es aber immer öfter in letzter Zeit. Es war der Krebs, der aus mir sprach.

„Na und? Für Frühstück ist es nie zu spät, hat mal jemand gesagt … Also iss jetzt, du wirst sehen, dann geht's dir gleich besser."

Mir tat es leid, dass ich langsam müde vom Lächeln und Nettsein wurde. Meine Schmerzen waren lähmend; ich fürchtete jedes Mal, wenn ich meine Hand beanspruchen musste, dass sie wieder verweigern würden. Das war eine Tatsache, die ich definitiv nicht akzeptieren konnte.

Aber ich tat ihm den Gefallen und richtete mich auf. Ich richtete mich aus dem Grund auf, wofür ich in letzter Zeit alles tat, sie glücklich zu sehen.

„Sehr brav." Er tätschelte mir dabei die Schulter.
„Hat sie angerufen?"
Er schüttelte den Kopf und schnitt mir den Pancake, tauchte ihn in Ahornsirup.
„Liam, wow, sogar amerikanisches Frühstück."
„Ich weiß doch, was du magst."
Ich nahm den ersten Bissen und kaute langsam, hoffte dabei, dass ich mich nicht sofort wieder übergeben musste. Das kam in letzter Zeit öfter vor.
„Liam, wenn ich dich um einen letzten großen Gefallen bitten würde? Würdest du es machen?"
Mit hochgezogener Augenbraue beäugte er mich.
„Soll ich deine Medikamente am Schwarzmarkt verkaufen?"
Ich legte den Kopf schief und blinzelte ihn an.
„Rachel, ich mache nichts Illegales."
Er machte noch eine Geste mit der Gabel und grinste, wie ein kleiner Junge, der es noch immer faustdick hinter den Ohren hatte.
„Nein nichts Illegales." Dabei musste ich wirklich lachen.
Seine Antwort war wohl die Hand, die er auf meine legte. Es war vertraut, er wich seit Tagen nicht von meinem Bett. Wir beide waren Jahre getrennt gewesen, aber es brauchte lediglich einen wahnsinnigen Moment, der uns wieder zusammengeführt hatte.

Als ich vor Wochen zurück nach Irland gekommen war, wollte ich nicht das Leben einer Familie durcheinanderbringen. Ich hatte nicht das Recht dazu. Auch wenn ich ihm davon als Erstes erzählen wollte, wollte ich es darauf ankommen lassen. Mein Deal mit Gott war: Würde er wollen, dass wir uns wiedersehen, würden wir uns sehen. Eigentlich rechnete ich damit, dass wir uns am Strand über den Weg laufen würden. Doch weder am Strand noch im Dorf trafen wir uns. Das war schon erstaunlich, wenn man bedachte, dass das Dorf lediglich 500 Einwohner hatte.

Bis zu einem Tag, an dem das erste Mal Schnee gefallen war. Mitten im November. Meine Mutter hatte Hals über Kopf beschlossen, nach Dublin zu fahren, um Weihnachtsgeschenke zu kaufen. Sie nahm jedes Jahr die Fahrtstrecke bis nach Dublin in Kauf. Städte, die wesentlich näher an unser Dorf grenzten, waren für sie keine Alternative. Im Laufe meines Lebens habe ich eines gelernt: Hinterfrage niemals die Gewohnheiten deiner Mutter, mögen sie noch so unlogisch erscheinen.

Also saßen wir im Auto, auf dem Weg nach Dublin und summten bei dem ultimativen Weihnachtssong des Jahrhunderts mit. Nein, es war nicht „Last Christmas", sondern mein ultimativer Weihnachtssong von James Kilbane – „Mary's Boy Child". Während ich mit den Füßen im Takt mitwippte, beobachtete ich meine Mutter, die lautlos mitsang und mit ihren Fingern auf das Lenkrad tippte.

In Dublin angekommen, musste sie mich wecken.

Ich hatte die Hälfte der Fahrt verschlafen. Es dauerte nur wenige Minuten, gerade, als wir auf die Fußgängerzone voller Menschenmassen einbogen, da war ihr entspannter Gemütszustand verflogen.

Sie hastete von einem Geschäft zum anderen, ich hielt mit ihr Schritt, unfreiwillig. Denn sie umklammerte meinen Arm, insofern musste ich ihr und ihrem Tempo folgen.

„Rachel, was möchtest du zu Weihnachten haben?"

Ich sah sie nur an und streichelte ihren Arm. „Mum", fügte ich sanft hinzu.

Keiner von uns sprach es aus, was ich dachte.

„Na los, geh und such dir was aus!"

Genau wie vor zig Jahren.

Manche Dinge ändern sich so schnell, und manche Dinge werden wohl ewig so bleiben, wie sie sind.

„Ich brauche wirklich nichts, vielleicht werde ich an Weihnachten …"

Ihr Blick, starr und eindringlich, ließ mich verstummen. Es dauerte eine Weile, bis sie einen neuen Versuch startete.

„Du magst doch Bücher, Bücher sind immer gut, ja, du liebst Bücher." Sie nahm mich am Arm und zerrte mich in das nächstgelegene Buchgeschäft.

Dort angelangt, steuerte sie ein Regal nach dem nächsten an: „Hier, was ist mit dem? Ein Roman. Eine kleine Pause und dann: „Nein, nein, ich glaube, wir brauchen doch etwas Lustiges …"

Wortlos lehnte ich mich an ein Regal und beobachtete die blonde Frau, die nun einen Verkäufer zu uns scheuchte und sich nach einem lustigen Buch

erkundigte, nichts Trauriges, nichts Ernstes.
Nach wenigen Minuten winkte sie mich freudig zu sich. „Rachel, möchtest du dieses Buch? Es ist sehr unterhaltsam, hat der Herr gesagt."
„Ich finde mein Leben auch ganz unterhaltsam."
Dabei grinste ich und merkte, dass meine Mutter mit den Worten wenig anfangen konnte.
Flehend streckte sie mir das Buch entgegen, als hätte es die Macht, mich am Leben zu erhalten.
„Okay, Mum."
„Und Sie, Sir!
Packen es schön ein, es ist ein Weihnachtsgeschenk!"
Er nickte und machte sich wortlos, mit dem Buch in der Hand, auf den Weg zur Kasse.
Später, als meine Mutter ewig und noch länger bei den Vorhängen und neuen Geschirrsets in ihrem Lieblingsgeschäft ausharrte, ging ich an die frische Luft.
Die Leute tummelten sich auf den Straßen und hetzten von einer Seite zur anderen.
Ich checkte meine Mails auf dem Smartphone.
Eine Mail von Eric, wie jeden Tag.

Es geht ihr gut. Ich hoffe dir auch? Ihr geht es wirklich besser, sie hat angefangen, wieder zu essen. Gestern habe ich sie sogar dabei erwischt, als sie gelesen hat, dabei lächelte sie.
Mach dir bitte keine Sorgen!
Alles Liebe, Eric.

Dann sah ich auf, blickte nach rechts und entdeckte nicht weit von mir eine Menschenmasse. Wahrscheinlich scharrten sich die Menschen um irgendeinen Straßenkünstler.
Ich blickte wieder auf mein Handy, dann noch einmal nach rechts. Im nächsten Moment stand ich auf, wollte zu meiner Mutter, doch irgendetwas lenkte mich in die Richtung der Menschen.
Ich lief, als ich hörte, dass er sang. Ich rannte. Drängte mich durch die Menschenmenge, um ihn zu sehen. Nicht irgendwer sang dort, sondern er: Liam.

Kapitel 15

Liam

Ob sie weiß, wie schön sie eigentlich ist?
Vermutlich nicht, sie hielt sich immer für mittleren Durchschnitt, das versuchte sie auch, jedem einzureden. Jeden einzelnen, der ihr ein Kompliment machte, wollte sie des Besseren belehren. Die vielen Verehrer im Pub, die wer weiß was darum gegeben hätten, wenn sie nur einmal mit ihnen gesprochen hätte, winkte sie bloß mit einem schüchternen Lächeln ab.
Ich sehe sie gerne an, sie hat diese hohen Wangenknochen und eine gerade Nase, ihre Gesichtszüge sind so fein wie ihre Haare. Und ihre Haare, sie duften noch genauso wie damals nach Vanille. Ich habe sie immer gern angesehen, wie ich es jetzt auch tue. Während sie schläft, sie schläft in letzter Zeit viel, ihr geht es schlecht. Auch wenn sie es versucht, wegzulächeln, ich sehe es, jeder sieht es. Sie will nicht, dass jemand bemerkt, wenn der rechte Arm wieder verkrampft. Sie will nicht, dass jemand sieht, wie sie sich verändert. Auch wenn ihre Beine wieder nicht so wollen, wie sie es will, tut sie stets so, als würde sie in dem Moment bloß eine Pause einlegen wollen. Dann verlangt sie einen Stuhl und fängt von irgendetwas zu reden an. Meistens zitiert sie Kayla, was sie wohl jetzt sagen oder machen würde. Sie fehlt ihr. Und da wären wir schon bei dem Grund, wieso ich sie damals gehen ließ. Rachel war die Frau, ich meine die Frau, der die Welt gehört. Ich weiß nicht, wie ich es beschreiben soll, sie

war die Frau, die alles alleine machen und schaffen wollte. Sie wollte doch etwas erreichen. Wir waren noch ganz klein, als sie schon von ihren Plänen sprach; ich wusste, sie könnte alles schaffen, wenn sie es wollte. Und ich wusste auch, sie hatte die Chance auf ein unbeschwertes Leben. Gut, ich mochte Eric nicht und dass er sie zur Frau nahm, mochte ich noch viel weniger. Aber er war ein anständiger Kerl, meistens zumindest. Sie hat nie schlecht über ihn gesprochen; sie behielt es für sich, wollte doch so gerne eine glückliche Familie sein. Also ließ ich sie damals gehen, in den Wagen steigen, zu ihm. Was blieb mir, dem einfachen Jungen von nebenan, anderes übrig, außer sie gehen zu lassen und ihr das Beste zu wünschen.

Das Leuchten des Displays meines Handys unterbrach meine Gedanken. Es war Elisabeth. Leise verließ ich das Zimmer, nahm das Gespräch meiner Frau erst auf dem Flur entgegen.

„Ja?"

„Wo bist du?"

„Noch bei Rachel. Wie geht's den Kindern? Alles gut?"

„Ja, ihnen geht's gut. Wann kommst du nach Hause? Ich habe gekocht. Wäre schön wenn du vielleicht auch mal wieder kommen würdest."

„Entschuldige, aber ich werde wohl noch ein Weilchen hier bleiben, wartet nicht auf mich."

„Wie lange wird das noch so weiter gehen?"

Sie klang ernst, ich sah sie bildlich vor mir. Wie ihre Nasenflügel bebten und sie versuchte, sich unter Kontrolle zu kriegen, obwohl sie am liebsten losgebrüllt hätte.

„Bis es ihr besser geht."

„Besser? Du meinst, bis sie tot ist?!"

Keiner sprach es aus. Keiner dachte es. Ich dachte es nicht. Und Elisabeth hatte nicht das Recht, es laut zu sagen.

„Nein."

Ich presse meine Lippen aufeinander, um sie nicht anzuschreien.

„Was nein? Liam sie wird sterben. Ja, und dann musst du ohne deine Freundin klar kommen. Finde dich lieber damit ab!"

Wie konnte sie so etwas sagen?

Ich schüttelte den Kopf, merkte, wie der Zorn in mir hochstieg. Wollte meine Wut unter Kontrolle bringen, ballte meine Faust, bemühte mich, nicht gegen die Wand zu schlagen.

„Es reicht! Elisabeth halt einfach den Mund!"

„Was ist nur los mit dir? Du veränderst dich mit jedem Tag mehr, wenn du bei ihr bist. Ich weiß, dir geht's schlecht, aber ich kann nichts dafür, dass sie …."

Bevor sie es noch einmal aussprechen konnte, legte ich einfach auf.

Geräuschlos öffnete ich wieder einen Spalt der Tür und spähte hinein.

Rachel war wach, sah aus dem Fenster, ihre dünnen Arme lagen über der Decke, mit einer Hand hielt sie das kleine braune Buch. Ihr ständiger Begleiter seit Wochen. Sie bemerkte mich nicht, sie warf die Decke nach hinten. Stützte sich auf dem Bett ab, hielt einen Moment inne. Es war der Moment, wo sie ihre Kräfte

mobilisieren musste, um aufzustehen.
Ich hätte jetzt zu ihr stürmen können und ihr helfen, doch ich kannte Rachel, sie war die Person, der man nicht ihre letzte Freiheit nehmen durfte.
Wahrscheinlich würde es jedem so gehen, jedem, der auf einmal auf die Hilfe anderer angewiesen war. Ich merkte, wie schlimm es für sie war, dass sie jeden Tag dabei zusehen musste, wie sich die Frau, die sie einmal war, von ihr verabschiedete.
Sie stemmte ihre Fäuste in die Matratze und stand auf. Dabei atmete sie laut aus. Mit dem Blick zu Boden gerichtet, machte sie einen Schritt nach dem anderen, bis sie am Fenster angelangt war. Mit einem Ruck schob sie die alten Vorhänge zu Seite.
In dem Gegenlicht umgab sie jetzt eine leichte Staubwolke.
Ich nahm das kleine Buch vom Bett und ging auf sie zu.
„Was ist das?" Ich hielt es in die Höhe.
Sie nahm es mir aus der Hand. „Nichts." Sie ergänzte ganz beiläufig und verhalten: „Ich schreibe bloß wieder …"
Sie lächelte schüchtern und nahm es fester an sich, drückte es an ihre Brust und starrte wieder aus dem Fenster.
„Ach, du schreibst wieder? Und was schreibst du?"
„Das verrate ich nicht."
„Komme ich darin auch vor?"
„Ja, vielleicht. Eine Randfigur, eine Randfigur, die auf einer irischen Straße hockt und Lieder singt. Ach, und Eier kann man bei der Randfigur auch kaufen."

Sie wollte es ernst sagen, doch sie musste beim letzten Wort schon lachen. Wir lachten beiden, ich zog sie in meine Arme. Dabei hatte ich Angst, ich würde ihr wehtun, ich spürte jeden Knochen an ihrem Körper.
„Rachel?"
„Ja?"
„Darf ich dich etwas fragen?
„Klar." Sie schmiegte ihren Kopf an meine Brust und sah weiter aus dem Fenster.
„Hast du eigentlich Angst vorm Sterben?"
Sie sah zu mir hoch, um sicher zu gehen, dass ich verstehe, was sie sagte.
„Nein, es kommt, wann es kommt. Weißt du?"

Kapitel 16 – Kayla

Sitzung Nr. 1

Nichts. Ich fühlte nichts. Ich war leer und völlig alleine. Zum ersten Mal in meinem Leben konnte ich behaupten, ich sei alleine. Das Zimmer, in dem ich mich befand, wirkte auf mich sehr erdrückend. Die schwere Holzvertäfelung, die schwarze Ledercouch und eine Wand, komplett mit Büchern vollgestellt. Wir waren nicht in den üblichen kühlen Räumen, wo mich meine anderen Therapeuten begutachteten und sich ein Urteil über meinen Zustand bildeten. Dieser Ort wirkte wie ein Wohnzimmer auf mich. Dies war der Raum, in dem wir Besuche empfangen durften. Ich starrte in die Ecke, in der das Klavier stand, es erinnerte mich an meine Kindheit, ich hatte dasselbe Klavier gehabt.
Und da saß ein Mann, er sah nicht wie die anderen Ärzte aus. Er schaute aus wie ein übergebliebener Rockstar, der nie den Durchbruch geschafft hatte. Seine schulterlangen Haare stachen mir als Erstes ins Auge, seine dunkel getönte Sonnenbrille versteckte fast seine Augen. Aber sein krankes Lächeln war es, was mich an ihm faszinierte.
„Kayla Lyne Cunningham, was für ein schöner Name! Hat den Ihre Mutter ausgesucht?"
„Tja, ich bestimmt nicht."
Er legte die Unterlagen zur Seite und blickte mich ernst an.
„Nun Kayla, möchten Sie mir vielleicht etwas sagen, oder sollen wir uns, wie in den vergangen Tagen,

einfach nur anschweigen?"

„Ich wüsste nicht im geringsten, was ich Ihnen zu erzählen hätte."

„Ich schon."

„Und das wäre?"

„Wir könnten einerseits über das Wetter sprechen, ich meine, ich habe vorher in der Kantine von Mrs. Mayer, kennen Sie Mrs. Mayer – reizende Frau! Wie dem auch sei, Mrs. Mayer hat gemeint, es soll so sonnig und warm bleiben."

Solche Sätze schenkten mir wenig Glauben, dass er tatsächlich ein Psychologe war.

„Toll, dann vergessen Sie Ihre Sonnenbrille nicht!"

„Lustig, ich würde gerne die Sonne genießen, aber wissen Sie, an was ich die ganze Zeit denken muss?!"

„Nein, aber Sie werden es mir bestimmt verraten." Ich setzte ein süffisantes Lächeln auf. Ich war so gut in dem Spiel, und ich konnte es noch länger weiterspielen.

„Was treibt eine Zwanzigjährige dazu, sich das Leben nehmen zu wollen? Ist es Langeweile? Zu viele Drogen und Alkohol? Das schwere Leben einer Millionenerbin?"

Ich spürte förmlich, wie sich die Farbe aus meinem Gesicht verabschiedete. Wir schwiegen uns einige Minuten lang an, ich verachtete ihn für das, was er sagte und wie er über mich urteilte.

„Gut, Kyla, dann sind wir uns ja einig und können den Small Talk beenden."

„Und wann können wir diese beschissene Stunde beenden?"

„Sobald ich sie beende."

„Glauben Sie, ich habe den Verstand verloren?"
„Oh, was ich von Ihnen halte, das glaube ich nicht, das weiß ich. Und in Ihrem Fall ist es ganz einfach: die normale langweilige Tour, reiches verwöhntes Mädchen, zu viel Geld, zu viel Drogen und Alkohol, keinen Sinn im Leben, Eltern geschieden – in Folge der obligatorische Zusammenbruch. Sie sind nichts Besonderes, nur eine von vielen."
„Oh mein Gott! Wo hat man Sie denn gefunden? Auf dem Jahrmarkt?"
„Ach zweifeln Sie an meiner Kompetenz?"
„Ich zweifele daran, dass Sie jemals Psychologie studiert haben."
„Oh wenn Sie Auskunft über meine fachliche Kompetenz wünschen, kann ich Ihnen das nächste Mal meine Zeugnisse und Diplome nachreichen."
„Und wenn schon, das sagt nichts über Ihre Kompetenz aus, demnach zu urteilen, sind Sie einer von vielen: ein junger Mann, der einmal Psychologe werden wollte, und ein paar jämmerliche Jährchen später sitzen wir uns gegenüber."
„Kyla, Sie sprechen meine Sprache. Das finde ich doch mal einen gelungenen Ansatz. Jetzt erzählen Sie einmal ein bisschen was über sich!"
„Ich bin nicht wie alle!"
„Ach was, was unterscheidet Sie von den anderen?"
Ich konnte seine Frage nicht beantworten, selbst wenn ich wollte. Die Art, wie er auf mich einredete, fand ich auf eine schräge Art und Weise lustig und auf eine andere einfach herablassend. Ich wusste ehrlich nicht, was ich von diesem Menschen halten sollte.

„Okay, fangen wir mit etwas Leichterem an, was ist mit Ihrer Mutter?"
„Ich will nicht über meine Mutter sprechen."
„Weil?"
„Sie werden mich nicht jammern sehen!", erwiderte ich in einem etwas lauteren Ton.
„Dann erzählen Sie mir von Ihrem Vater, welche Beziehung haben Sie zu ihm?"
Unsere Blicke verfroren sich förmlich in der Situation. Wir lieferten uns ein Duell der Blicke.
So sehr mich dieser Mann auf irgendeine Art faszinierte, so sehr hasste ich ihn. Ich fühlte mich bei der Tatsache, dass ein Fremder etwas aus meinem privaten Umfeld erfahren würde, nicht wohl.
„Wie man eben eine Beziehung zu einem Menschen hat, der dabei ist, eine neue Familie zu gründen.
Sagen wir mal so, unsere Beziehung ist etwas kurz angebunden."
„Ja, ich habe gehört, Sie bekommen eine Schwester."
Ich wandte mich ab in den Raum, als wolle ich das Gesagte ungeschehen machen.
„Ja, ich wünsche den dreien das Beste, das tue ich wirklich. Vielleicht kann er jetzt das Leben führen, das er mit meiner Mutter und mir nicht hatte."
Er notierte sich etwas auf seinem Block, an dem er sich förmlich festhielt, danach räusperte er sich und musterte mich.
„Und was ist mit Ihrer Mutter, wieso können Sie nicht über sie sprechen?"
„Ist die Stunde schon um?"
Der Sarkasmus war nicht zu überhören. Mein

künstliches Lächeln packte ich noch oben drauf.
„Sie wollen doch so schnell wie möglich hier raus, oder etwa nicht?"
„Ja."
„Gut hier meine Bedingungen an Sie:
1. Die nächsten vier Tage stehen Sie pünktlich um 15 Uhr auf der Veranda.
2. Sie zeigen sich kooperativ.
3. Sie werden gesund.
4. Sie werden mir zuhören, wenn ich Ihnen etwas auf den Weg gebe, und Sie werden es umsetzen, was mich auch gleich zum nächsten Punkt bringt.
5. Sie widersprechen mir nicht."

Kapitel 17 – Kayla

Sitzung Nr. 2

„Hören Sie zu, ich möchte mir nicht anhören, welche selbstzerstörende Persönlichkeit ich entwickelt habe. Einzig und alleine will ich wissen, wieso meine Mutter abgehauen ist und mich hier mit Ihnen zurückgelassen hat. Ich möchte gerne wissen, wieso sie unbedingt wollte, dass ich mit Ihnen spreche?"
„Hat Ihnen das Ihre Mutter erzählt?"
„Nein, ich rede nicht mit meiner Mutter, hören Sie mir eigentlich zu?! Mrs. Forster, meine Ärztin, meinte, Sie seien eine Empfehlung meiner Mutter."
„Ja, ich habe eben einen guten Ruf."
„Aha, ich merke leider noch nichts davon."
Mein Blick schweifte Richtung See, wir waren fast an der anderen Seite. Von dort aus konnte man die Klinik nur mehr ganz klein wahrnehmen.
Er klatschte laut in die Hände, sodass ich erschrak und fügte ebenso laut hinzu: „Und jetzt erzählen Sie mir mal, wann Sie angefangen haben, Party zu machen? Ich habe gehört, Sie sind ein richtiger Partytiger, hmm?"
„Ist das Ihr Ernst?"
„Ja, wieso nicht?"
Ich dachte eine Weile nach, bis mir ein Tag einfiel. Klar, sachlich, ohne weitere Emotion erzählte ich ihm davon.
Es war ein Tag, wie fast jeder andere auch.
Meine Eltern spielten wieder einmal das Ehepaar,

das sie nicht waren. Und ich tat so, als würde ich es glauben. Wie an fast jedem Abend machte ich mich für die Partys fertig. Wir waren reich, jung, schön und mussten unseren Lifestyle eben gebührend feiern. Und wenn dir den ganzen Tag langweilig ist und dir am Abend noch langweiliger ist, nimmst du Drogen, um die Leere in deinem Kopf für ein paar Stunden zu vergessen.

An jenem frühen Morgen nach einer durchzechten Nacht schaffte ich es nicht mehr bis nach Hause. Mir wurde schwindelig, ich fiel zu Boden. Nur war es leider nicht der Boden meines Hauses, sondern der Boden des Clubs. Meine sogenannten Freunde wussten nicht, wo mein Haus war. Allein der Nachtclubbesitzer kannte die Adresse und ließ mich dorthin bringen. Aber wie das so ist, wenn du eine Workaholic Mum hast, kannst du dich um sechs Uhr morgens nicht einfach reinschleichen, denn bei meiner Mutter sind die Morgenstunden Rushhour, und dort passiert mehr, als einem lieb ist.

Und so bin ich leicht betrunken und auf Koks zu meiner Mutter gekommen – um sechs Uhr morgens, mit einem Hauch von Dolce&Gabbana, dreizehn Zentimeter hohen High Heels und einem Make-up, das vor 24 Stunden als eines durchgegangen wäre.

Mein Plan, mir meine hohen Hacken auszuziehen und lautlos über den frisch polierten Mamorboden zu schleichen, ging fast auf. Und die Betonung liegt auf ‚fast'. Während der zweiten heißen Phase – betrunken und unter Drogen, mir den zweiten Schuh auszuziehen und dabei die Balance zu wahren, passierte es: Ich hielt

der Schwerkraft nicht stand und fiel erneut zu Boden. Schwarze Manolo Blanics traten vor mein Gesicht, inklusive der Gestalt meiner Mutter und der Stimme einer Opernsängerin.
„Kayla!"
„Drei Oktaven leiser bitte, mir tut der Kopf weh."
Hastig watschelte mein ehemaliges Kindermädchen, die Haushälterin Maria, zu mir. Vor Jahren war sie aus ihrem Heimatland geflüchtet. Meine Mutter hatte ihr die Chance gegeben, ein neues Leben anzufangen und mich großzuziehen. Wenn ich mich zurückerinnere, war das vielleicht die beste Entscheidung, welche meine Mutter je getroffen hatte. Maria konnte selbst nie Kinder bekommen, da sie als kleines Mädchen in ihrem Heimatdorf so schlimm vergewaltigt worden war, dass sie an den Verletzungen fast gestorben wäre. Aber sie akzeptierte ihr Schicksal, und ich fragte mich, wie ein Mensch so viel Güte und Wärme besitzen konnte. Alles an ihr war, wie man sich eine gute Mutter vorstellt: die Liebe, die sie mir gab, obwohl ich nicht ihr eigenes Kind war, und die nötige Strenge, damit man wusste, man bedeutete einem etwas. Und am meisten liebte ich sie für ihren lustigen Akzent.
„Kaylaaaa, hast du Alkohol getrunken zu viel?"
Wenn sie wüsste!
„Ein bisschen ..."
„Kind, wenn du nicht sofort aufstehst und deinen Rausch ausschläfst, siehst du das letzte Mal Geld auf deinem Konto." Meine Mutter und die Erpressung, ihr einziges Druckmittel, das hin und wieder funktionierte.

Maria half mir langsam auf.
Meine Mutter stand noch schockiert und entsetzt vor mir. Ich könnte schwören, in diesem Moment zeichnete sich eine neue Falte auf ihrer Stirn ab.
Gestützt auf Maria, schritt ich die ersten Stufen empor, als ein lauter Schrei meiner Mutter mein Trommelfell erneut auf die Probe stellte.
„Kayla, was hast du mit deinem Rücken gemacht!?"
Es war keine wirkliche Frage, denn auch sie wusste, was eine Tätowierung war und dass diese für immer gedacht war. Gut, ich hatte kein kleines unauffälliges Tattoo gewählt, sondern einen langen Schriftzug und weitere Motive, über die ich nie sprach, die meine Geschichte erzählten, die nur ich kannte.
Die kalte Hand meiner Mutter packte mich. Sie zwang mich, stehen zu bleiben. Mit ihren großen Augen starrte sie mich an, als wolle sie hören, dass das Kunstwerk auf meinem Rücken abwaschbare Farbe sei und sie sich nicht weiter sorgen müsse.
„Eine Tätowierung, Mutter, und ja, die ist für immer."
Ihre kalten Hände umfassten meinen Oberarm; es tat weh.
„Wann hast du das letzte Mal gegessen? Du bist zu dünn."
„Ich bin alt genug, um zu wissen, wie viel und wann ich esse."
„Sieht nicht danach aus."
Mit meiner letzten Kraft riss ich mich von meiner Mutter los.
Weder essen noch reden wollte ich in diesem Moment, schlichtweg schlafen. Schlaf war das Einzige, was ich

wollte.
Mein altes Kinderzimmer, das genauso aussah, wie ich es am letzten Tag verlassen hatte, diente mir wie so oft als Rückzugsort.

Er wartete eine Weile, bis er wieder unerwartete Sätze von sich gab: „Wow, wie ein richtiger Rockstar, hmm?! Sind Sie auch in Hotels abgestiegen und haben gleich mal alles umdekoriert? Sie wissen schon, die Stühle und Matratze aus dem Fenster geworfen und so?"
Wortlos schüttelte ich den Kopf und versuchte, dabei nicht zu lachen.
Und dann wie aus dem nichts, mit ruhiger Stimme fragte er: „Kayla, was ist bei der Party Ihrer Eltern wirklich passiert?"
Die Leute urteilen schnell über dich; sie denken, du seist labil, sie denken, du wolltest dein Leben wegwerfen ohne richtigen Grund.
„Wollten Sie sich wirklich mit einer Überdosis das Leben nehmen?"
„Glauben Sie mir, wenn ich hätte sterben wollen, hätte ich es richtig gemacht! An dem Abend wollte ich einfach nur vergessen."
„Was vergessen?"
„Vergessen, dass ich bald keine Familie mehr habe."

Das Gespräch mit Dr. Greenburg ging mir bis am Abend nicht mehr aus dem Kopf. Und der kalte Entzug war das Schlimmste, was ich bis jetzt durchmachen musste, was mit dem eigenen Körper passiert, ist furchtbar; man begreift erst langsam und im Nachhinein, was die Drogen mit einem angerichtet haben. Und man hasst sich dafür, aber man ahnt die Folgen anfangs nicht.

Uns war langweilig. Champagner reichte nicht, um die Stimmung aufzuheitern, deswegen nahmen wir Koks, um die Langeweile aus unseren Köpfen zu vertreiben. Doch aus Spaß wurde bald Ernst. Es wurde nicht mehr aus Langeweile eingenommen, mein Körper und meine Seele verlangten nach dem weißen Pulver. Ich sah die Gefahr, die mich beinahe das Leben kostete, lange nicht.

Im Großen und Ganzen war die Klinik zu ertragen; irgendwie war sie wie eine Ferienanlage. Nur dass in einer Ferienanlage die Menschen weder magersüchtig noch alkoholkrank oder drogenabhängig waren, meistens jedenfalls nicht.
Ich beobachtete die Leute gerne, und fragte mich, was sie in diesen Sumpf von Problemen getrieben hatte. Wenn ich eine Magersüchtige traf, sah ich ihr verlorenes Selbstbild und dass sie womöglich die Kontrolle über ihr Leben eingebüßt hatte und allein die Kontrolle über ihr Essverhalten ihr Macht verlieh. Oder einen Alkoholkranken, der das Leben lediglich ertrug, wenn er die Probleme mit Alkohol ertränkte. Irgendwie wollte ich ihnen helfen, aber wie? Ich konnte mir kaum selbst helfen.

Abends machte ich täglich meinen Spaziergang. Es war das Einzige, was ich regelmäßig tat und auf das ich mich den ganzen Tag freute. Die Abendstunden mochte ich am meisten. Ich blickte vom Park zu den Bäumen, weiter zum Gebäude. Dieser Anblick war wie für Künstler oder einen Fotografen geschaffen. Das Gebäude, welches einem anderen Jahrhundert entstammte, war einfach wunderschön. Trotz der zahlreichen gestörten Menschen, die hier herumliefen, fühlte ich mich irgendwie zu Hause.

Zuhause hatte mein Tag allerdings nicht darin bestanden, in ein luxuriöses Zimmer eingesperrt zu sein, regelmäßige Mahlzeiten einzunehmen und einen Entzug zu machen, der mich an meine körperlichen und geistigen Grenzen brachte. Nein, das war nicht das Leben, das ich kannte.

Kapitel 18 – Kayla

Sitzung Nr. 3

Eigentlich war es ein gewöhnlicher Tag, und wie an jedem anderen Tag erhoffte ich mir keine Wunder. An Wunder glaubte ich generell nicht. Aber es war der Tag, an dem ich ihm das erste Mal Vertrauen schenkte.
„Wollen Sie noch länger die armen Enten bewerfen und nichts sagen?"
„Ich füttere sie!"
„So wie Sie werfen, sieht es eher nach einem Mordversuch aus. Wenn Greenpeace gleich um die Ecke schippert und Sie mitnimmt, also puhhh ..., aus der Scheiße müssen Sie dann alleine raus."
„Sehr witzig! Ich werde Sie gleich mit etwas bewerfen. Und es wird nicht Brot sein." Ich stopfte die letzten Reste des Brots zurück in die Tüte.
Wir spazierten weiter, während die Sonne uns entgegen leuchtete, dachte ich, endlich macht seine Sonnenbrille auch Sinn. Da stellte er mir eine Frage, und er stellte sie so als würde er sich nach einem wissenschaftlichen Ergebnis erkundigen: „Ich hätte ein paar Fragen an Sie, Kayla. Wie war es, als Ihr Vater ausgezogen ist?"
In dem Moment musste ich meinen Blick zu ihm wenden.

Ich dachte an jenen Tag, an dem ich ursprünglich in mein Elternhaus gekommen war, um ein paar Sachen für die Klinik zu holen, als ich plötzlich Schritte im Flur wahrnahm. An den Schritten konnte ich hören,

dass es mein Vater war, der unten herumschlich. Die Vorfreude, meinen Vater zu sehen, überwältigte mich. Also lief ich die polierten Marmorstufen nach unten.
Im ersten Moment erblickte ich ihn nicht. Ich spähte weiter ins Wohnzimmer und dann in die Küche, wo er gerade einen kleinen Espresso zu sich nahm.
Es sah alles so aus wie immer. Daddy mit der New York Times und einem Espresso in der Hand. Seine Lieblingsshorts hatte er auch an. Alles war wie es immer war.
„Daddy!"
„Kayla, was machst du denn hier?"
„Ich habe noch ein paar Sachen geholt."
Er fragte nicht weiter und hielt die Arme offen.
„Na komm oder bist du zu alt für eine Umarmung?"
Man ist nie zu alt für eine richtig gute Umarmung, manchmal das einzig Richtige nach einem Scheißtag.
„Hast du mit deiner Mutter gesprochen?"
„Mehr oder weniger heute Morgen ... Wieso?"
„Hat sie was erzählt?"
„Nein, was meinst du?"
Ich nahm einen Schluck von seinem Kaffee: „Alles in Ordnung, Dad?"
Irgendwas war nicht in Ordnung, das spürte ich. Mein Vater war schon immer ein beschissener Lügner gewesen.
Er verließ die Küche und blieb mir die Antwort schuldig. Das war nicht mein Vater, das war nicht der Mensch, der alles schön redete.
Im Flur trug sein Fahrer einen Koffer vom oberen Stock durch die Eingangstür.

„Daddy, verreist du?"
„Das war der letzte Koffer, Mr. Cunningham."
„Verreist du länger?"
„Das war der letzte Koffer, Mr. Cunningham", wiederholte Gerald, der Fahrer, und sah dabei mich an.
„Was ist denn los, Dad?"
„Kayla." Er machte eine lange Pause, eine viel zu lange.
Ich merkte, dass er nach den richtigen Worten suchte. Es gab sie nicht, nur ehrliche Worte. Es war wohl an der Zeit, dass er es aussprach. Das, was jahrelang stillschweigend im Raum stand und woran keiner auch nur gewagt hatte, einen Gedanken daran zu verschwenden.
„Wir, also deine Mutter und ich, wir lassen uns scheiden, Schatz. Ich bin ausgezogen. Ich hole heute meine letzten Sachen."
Er blickte dabei zu meiner Mutter, die angelehnt an der Wand die Situation beobachtete. Ich hatte sie gar nicht bemerkt.
Erst jetzt begriff ich, dass es ernst war, sonst wäre sie nicht hier. Sie ging jeden Tag zur Arbeit, selbst dann, wenn sie sich vor Kopfschmerzen übergeben musste. Sie umfasste ihre kleine goldene Kette; die andere Hand stemmte sie in die Hüfte. Ihr Blick war leer, ihre makellose Haut war blass, und ihre Augen waren rot gerändert, die blonden Haare streng zu einem Knoten zusammen gebunden.
Sie wirkte erschöpft, wie nach einem Kampf.
Sie hatte den selben Gesichtsausdruck wie an Weihnachten, an Geburtstagen oder an anderen Tagen,

an denen wir etwas feierten und ein „glückliches" Familienleben zelebrierten. Jenen Gesichtsausdruck, den sie aufsetzte, wenn Dad wieder einmal nicht kam, sich am Telefon für seine Verspätung oder sein Nichterscheinen halbherzig entschuldigte.

Wie an meinem 10. Geburtstag, als er es einfach nicht geschafft hatte, zu kommen, da streichelte sie mir den Rücken, flüsterte: „Er wird sicher bald kommen." Ihre ganze Ehe lang hatte sie gewartet. Ich sah, wie sie in diesem Moment vor den Trümmern stand, und dennoch versuchte, tapfer die Haltung zu wahren. Eben so, wie sie es immer tat.
Ich erinnerte mich an die Nächte des Streits, in denen ich mich danach sehnte, dass sie sich trennten und dass sie endlich ihr Leben leben würden, welches für sie bestimmt war. Ich ahnte zu diesen Zeitpunkten nicht, dass es wehtun würde. Ich ahnte nicht, dass die Streits, die hasserfüllten Worte nur ein Teil von dem waren, was mir bevorstünde.

Leere in meinem Gesicht, in meinen Gedanken, ich konnte nichts der Situation Entsprechendes sagen. Deshalb beließ ich es dabei.
„Okay, Dad", kam es aus mir heraus. Ich schaute ihm dabei zu, wie er die endgültig letzte Tasche nahm und sich verlegen umsah.
Dabei erzwang er ein Lächeln, das weder seine Augen noch mich erreichte.
Früher sah ich meinen Vater oft verreisen, oft das Haus verlassen, aber ich wusste, heute würde es für

immer sein. Meine Hand umfasste sein Handgelenk. Ich wollte nicht glauben, dass er jetzt ging. Da nahm ich seine Hand, drückte sie fest mit beiden Händen und lächelte ihn an. Es war eine simple Geste, nichts besonderes. Vielleicht würde er nicht wissen, was ich ihm damit sagen wollte.

Mein Vater ging das letzte Mal durch die Tür. Durch die weiße Tür, die wir an einem schönen Sommertag gemeinsam gestrichen hatten, weil ich damals unbedingt eine weiße Tür haben wollte. Durch die Tür, durch die wir so oft gegangen waren, und ich ihn jedes Mal, wenn er zur Arbeit fuhr, verabschiedet hatte.

An jener Tür stand ich nun angelehnt und hörte die Reifen auf dem Kies. Während ich mir wünschte, ich hätte ihm alles gesagt, was ich ihm sagen wollte.

Dies war die Geschichte, die ich Dr. Greenburg nicht ganz so erzählte, sondern ich sprach das aus, was mich stark wirken ließ.

„Dass meine Eltern die Scheidungspapiere unterschrieben haben, war weiß Gott nicht das Schlimmste. Soll ich Ihnen verraten, was das Schlimmste war?"

„Erzählen Sie es mir!"

„Nach zwanzig Jahren zuzusehen, wie der eigene Vater das Haus verlässt. Das war so ein Moment, der mir im Gedächtnis bleibt. Und ich weiß nicht, ob man je alt genug dafür sein wird."

„Haben Sie Ihrer Mutter erzählt, wie es Ihnen gegangen

ist?"
„Was meinen Sie?"
„Wieso haben Sie das Ihrer Mutter nie gesagt?"
„Was denn?"
„Na wie es Ihnen ergangen ist."
„Ja, genau." Dazu rollte ich die Augen.
„Sie müssen vor Ihrer Mutter nicht stark sein."
„Ich nehme an, die Stunde ist vorbei?"
„Kayla!"
Ich stand auf und ging, wollte nicht mehr darüber sprechen, wollte ich noch nie.

Kapitel 19 – Kayla

Sitzung Nr. 4

„Ich habe gehört, gestern Abend haben Sie sogar gelacht?"
„Wow, ist das Ihr Ernst, Dr. Greenburg? Kommen Sie schon, ich lache oft. Zum Beispiel über Sie."
„Ja, ist das so? Schön, wenn Sie meinetwegen lachen. Da fühle ich mich doch ein wenig geehrt. Ich mag es, wenn Sie lächeln oder lachen, das erinnert mich an eine Person."
Er setzte sich wieder auf die kleine weiße Bank, nahe dem Kieselweg, der rund um den See führte.
„Na los, nehmen Sie Platz!" Er deutete auf den freien Platz neben sich.
Es dauerte nicht lange, bis er mir eine wieder mal eine sehr ungewöhnliche Frage stellte, aber diesmal klang es zumindest nicht so, als wolle er sich nach einem wissenschaftlichen Projekt erkundigen. Diesmal klang es fröhlich, er sang es förmlich aus sich heraus: „Glauben Sie an die Liebe?"
„Nein! Oh Gott, wollen Sie mich etwa verkuppeln?"
„Kein Grund, um gleich ein Stoßgebet auszusprechen."
Er hielt es für einen Scherz, aber meine Frage war ernst gemeint.
„Wollen Sie mir eine Mitgliedschaft eines Dating Portals verkaufen?"
„Was? Nein."
Wozu stellte er mir so eine Frage, die nichts mit meinem Leben zu tun hatte? Ich ergänzte: „Nein. Ich

bin Realistin. Ich weiß, dass die wahre Liebe einfach nicht existiert. Es ist ein weiterer Irrglaube, der die Menschen nur in den Konsumwahnsinn treibt."
„Wie darf ich das verstehen?"
„Es fängt an mit: ‚Oh, was zieh ich an? Damit er auch ja meine Brüste toll findet, und wenn nicht, dann kaufe ich mir welche. Bringt diese Jeans meinen Arsch besser zu Geltung oder doch diese? Sind die High Heels auch ja hoch genug, um meine Beine zu strecken und bla bla bla ...' Es endet bei diesem beschissenen Valentinstag, wo jede Menge ‚Möchte-gern-verliebte-Pärchen' essen gehen, Blumen und Schokolade kaufen und einen guten Wein. Und der Rest mit einem gutem Whisky vergessen will, dass daheim keiner auf wartet."
„Wow, wie erfrischend! Muss ich mir Sorgen machen? So jung und schon so zynisch?!"
„Nein!"
„Na, dann lassen Sie mich eine richtig gute Geschichte erzählen!"
„Ich kann sowieso nichts dagegen machen. Also legen Sie schon los!"
Zu meiner Verwunderung erzählte er nicht aus dem Gedächtnis heraus. Nein, er holte ein kleines Buch hervor, welches er in seiner Jackentasche aufbewahrt hatte.
Was er wohl sonst noch so mit sich herumschleppt?
„Nun Kayla, sind Sie bist bereit?"
„Kann's kaum erwarten."
„Diese Geschichte, die soll ich dir von deiner Mutter geben, es ist ihr Geschenk an dich."
Er streckte es mir entgegen, und mir blieb das Herz fast

stehen. Ich hoffte, dass er nicht merkte, was passierte, als er sie erwähnte.

Auf den ersten Seiten erkannte ich ihre Handschrift. Und die Widmung – „Für meine bezaubernde Tochter Kyla!"

Das Buch sollte nicht die einzige Überraschung sein, da war noch ein Ticket für mich, nach Irland.

Ich schob es zur Seite, starrte auf den See. „Ich werde nicht zu ihr fliegen."

„Weil ...?", fragte er scharf.

„Weil ich nicht kann, ich, ich ..." Ich stotterte und schwieg.

Dr. Greenburg wurde zornig, sodass sich eine Ader auf seiner Stirn bildete. Wie von etwas gestochen, sprang er auf. Fuhr sich durch seine leicht zerzausten Haare und holte tief Luft:

„Tun Sie mir einen Gefallen, und hören Sie auf, so verdammt wütend zu sein! Hören Sie auf, auf sich oder irgendjemanden so wütend zu sein! Sie allein haben die Entscheidung über ihr Leben getroffen, weder Ihre Eltern noch sonst jemand, also tragen Sie gefälligst die Verantwortung dafür! Auch wenn Sie all das so sehr hassen, na und wenn schon, dann ist es eben so! Entscheiden Sie sich für etwas, und machen Sie das Beste daraus! Aber geben Sie nicht anderen Menschen die Schuld für irgendetwas. Keiner hat gesagt, das Leben sei leicht. Jeder hat irgendeinen Scheiß, mit dem er fertig werden muss."

„Glauben Sie mir, ich habe genug Scheiß, mit dem ich fertig werden muss." Ich sprang auf, hielt mir eine

Hand auf die Brust, während ich mir alles Weitere von der Seele schrie: „Oder glauben Sie, es war lustig für mich, als ich von meinem Vater erfahren musste, dass meine Mutter krank ist?! Glauben Sie, es fällt mir leicht, hier eingesperrt zu sein, während meine Mutter irgendwo in Irland ist und mich aus ihrem Leben ausschließt, obwohl sie ..., obwohl sie sterben wird! Nein, Dr. Greenburg, glauben Sie mir, ich habe jede Menge Scheiße, mit der ich fertig werden muss!"
Die Tränen stiegen mir in die Augen, aber ich war zu wütend, um zu weinen, ich wollte ihm weiter anschreien, weil es irgendetwas Befreiendes hatte.
„Und wissen Sie was! Wollen Sie wissen, was mich am meisten sauer macht?!"
„Ja!"
So wie er JA schrie, fehlte nur noch Sir. Irgendwie erinnert er mich jetzt an Forrest Gump.
„Am meisten ..., am allermeisten bin ich auf mich sauer! Weil ich sie auf allen, wirklich auf allen Ebenen enttäuscht habe."
Jetzt habe ich alles aus mir rausgeschrien, den letzten Satz wollte ich nicht schreien, ich wollte ihn nicht mal laut sagen.
„Und ich, ich fürchte, ich habe mehr keine Zeit, um das hinzubiegen."
„Es ist nicht zu spät, Kayla."
„Woher wollen Sie das wissen?"
„Für so etwas ist es nie zu spät."

Kapitel 20 – Kayla

„Sie brauchen gar nicht so zu grinsen!"
„Was? Ich doch nicht."
Wortlos öffnete er mir die Tür des Taxis. Der Fahrer nahm mein Gepäckstück und verfrachtet es im Kofferraum. Ich warf einen letzten Blick auf die Rehaklinik.
Mit beiden Händen in der Hosentasche kommentierte Greenburg betont lässig: „Ich sage doch gar nichts."
Stunden später waren wir in Dublin gelandet. Grün und windig, so war Irland.
Auf festem Boden begrüßte uns als Erstes ein Platzregen. Kein Grund für Greenburg, um seine Sonnenbrille abzusetzen.
Ich hievte meinen Koffer hinter mir her und versuchte, mit ihm Schritt zu halten. Sein Ziel war ein schwarzer Jeep.
„Müssen wir immer im Schweinsgalopp laufen?"
„Ja!"
Ich stoppte dennoch und kramte aus meiner Tasche ein Päckchen Zigaretten hervor.
Dr. Greenburg nahm nun seine Sonnenbrille ab, warf mir einen finsteren Blick zu. Ruckartig hielt er an.
„Ist das Ihr Ernst?"
Das Glühen der Zigarette sowie ein genüsslicher Lungenzug waren die Antwort.
In einem Affenzahn steuerte er auf mich zu; nahm mir den Glimmstängel aus der Hand und brach die Zigarette in zwei Teile.
„Hey! Wollen Sie mich verarschen?!"

„Ja, das habe ich mich auch gerade gefragt. Na los jetzt, wir haben keine Zeit zu verlieren."
Greenburg ging auf Nummer sicher und nahm mir im selben Moment die Packung aus den Händen. Schließlich machte er kopfschüttelnd auf dem Absatz kehrt.
Mit offenem Mund starrte ich nun seinen Rücken an, da rief ich ihm nach: „Sie sind wirklich anstrengend!"
„Sie sind auch nicht gerade Balsam für die Seele!"
Am Wagen wollte er mir seine Ungeduld noch mehr verdeutlichen und tippte mit dem Fuß nervös auf den Boden.
„Was ist los? Müssen Sie aufs Klo?"
„Nein!"
„Nervöse Zuckungen?"
Er klatschte wieder in die Hände und scheuchte mich in den Wagen.
„Na los! Hopp, hopp, meine Großmutter mit Rollator geht ja schneller als Sie."
„Müssen Sie mich ständig so herumscheuchen? Ich bin ja kein Esel oder so."
Er schmiss die Tür zu und sagte: „Naja."
„Das konnte ich hören."
„War Absicht!"
Irgendwo, Ewigkeiten nach Dublin, bogen wir auf eine Landstraße ein, oder vielmehr auf einen Schotterweg, auf dem man gerade so fahren konnte. Das ein oder andere Schlagloch erinnerte jedoch vielmehr an eine Marslandschaft als an eine Straße. Aber sie führte uns zumindest in das kleine Dorf. Jenes Dorf, in dem meine Mutter aufgewachsen war und wohin sie nun

wieder gegangen war. Das bunte Dorf, von dem sie mir so oft erzählt hatte, als ich noch ein Kind gewesen war.

Erst einmal war ich hier gewesen, damals besuchten wir meine Großeltern. Erinnerungen blieben fast keine hängen, ich war einfach noch zu jung gewesen.

„Es ist schön hier."

„Ja, es hat was oder?"

Ich schluckte, versuchte, meine trockene Kehle zu bewässern, dabei merkte ich, wie meine Handflächen schwitzten. Kurzum, ich hatte ein wenig Panik, meine Mutter wiederzusehen.

Ich wusste nicht, wie viel Zeit uns noch blieb, vermutlich nicht mehr viel.

Meine Großmutter hatte am Telefon gesagt, sie hätte schon seit Tagen nicht mehr das Bett verlassen.

Bei dem Gedanken, meine Mutter nach all der Zeit zu treffen, wurde ich nervös. Wir hatten uns einiges zu sagen. Eintausend Fragen begleiteten mich: Wie würde sie reagieren? Habe ich sie als Tochter wirklich enttäuscht? Würde sie mir verzeihen, dass ich sie so lange ignoriert hatte?

Greenburg brachte den Wagen zum Stehen, stellte den Motor aus und schnallte sich ab. Er warf einen Blick auf mich.

Ich war wie versteinert, blickte starr geradeaus durch die Windschutzscheibe. Spürte die Frage in seinem Blick, bevor er sie laut aussprach.

„Na, bereit?"

Ich zögerte, meinte „Nein" und antwortete doch mit „Ja".

Ein tiefer letzter Atemzug, während ich mir ein letztes Mal den Schweiß von meinen Handflächen in die Hose wischte. Als ich den ersten Schritt auf das Haus zumachte, schlug mein Herz so laut, dass es fast den Wind übertönte. Jetzt erblickte ich sie.
Eingewickelt in eine Decke, stand sie vor dem kleinen weißen Haus mit den braunen Fensterläden.
Meine Großmutter stützte sie.
Die Hand auf meiner rechten Schulter erinnerte mich daran, dass Greenburg neben mir stand.
Und da tat sie etwas, eine Geste, die mir zeigte, dass sie ein so viel besserer Mensch war als ich. Sie öffnete ihre Arme für mich, einfach so.
Keine Worte, keine Vorwürfe, keine Wut – nichts war mehr zwischen uns.
„Mama!" War das Einzige, was ich in diesem Moment sagen konnte, während ich auf sie zulief.
Sie umarmte mich fest und drückte mich an ihren dünnen, zerbrechlichen Körper.
Meine Mutter fragte nicht, wieso ich ihre Anrufe so lange Zeit ignoriert hatte, fragte nicht, wieso ich ihr bei unseren letzten Begegnung tausend schlimme Sachen an den Kopf geworfen hatte. Nein, nichts von all dem stand mehr zwischen uns; sie hielt ihre Arme offen, einfach so, wie sie es immer getan hatte.
Es dauerte nicht lange, bis wir wieder ins Haus gingen.
Es war einfach zu kalt, und sie war zu schwach.
Der Boden knarrte und der Duft nach selbstgebackenen Keksen lag in der Luft.
Stufe für Stufe kämpfte sich meine Mutter in das erste Stockwerk.

Grandma wich keinen Zentimeter von ihr.

Hilflos sah ich mich um, wollte helfen, wollte sie auch stützen. Doch die beiden waren so ein eingespieltes Team, dass ich mehr Unheil anrichten würde, als zu helfen. Also schlich ich wortlos hinter ihnen her. Wir erreichten das Zimmer meiner Mutter.

Sie legte sich wieder in ihr Bett, sie war so schwach, dass sie nicht einmal alleine trinken konnte. Ich wusste, es würde nicht mehr lange dauern.

Meine Großmutter schenkte ihr heißen Tee aus einer Thermoskanne ein; verließ wortlos das Zimmer, ihr Zimmer, in dem ich mich nun umschaute. Es war, als wären wir in einer anderen Welt, hier war die Zeit stehen geblieben.

Ein Klopfen an der Tür unterbrach meine Zeitreise.

Es war Dr. Greenburg: „Na, stör ich?"

Meine Mutter winkte ihn wortlos mit einem Lächeln herein.

Er setzte sich an das Bettende, streichelte über ihren linken Fuß.

Die beiden blickten mich an, und da sagte sie gedämpft und heiser: „Danke, Liam!"

Später am Nachmittag, als meine Mutter schlief, schlich ich mich aus ihrem Zimmer, um meine Großmutter aufzusuchen. Behutsam schloss ich die Tür, ohne Mum dabei aus den Augen zu lassen. Erst, als ich den letzten Fuß von der Treppe setzte, rief ich nach Grandma.
Sie hetzte vom Wintergarten herein, in der einen Hand die Zeitung, in der anderen ihre Lesebrille. „Hier bin ich! Hier bin ich! Was ist? Was ist passiert?"
„Nichts, nichts ist passiert. Ich wollte dich nur etwas fragen."
„Was möchtest du mich fragen?"
„Kennst du Dr. Liam Greenburg? Und kannst du mir die Adresse von ihm geben?"
„Welcher Doktor? Kayla, wie kommst du darauf, dass Liam Greenburg ein Doktor sei?"
„Weil er in meiner Klinik war, wir hatten Sitzungen. Er hat mich zu meiner Mutter gebracht. Er, er ..."
Sie schüttelte wortlos den Kopf, legte die Zeitung beiseite und setzte sich betroffen nieder, hielt sich eine Hand auf die Brust und seufzte.
„Setz dich, Kayla!" Sie deutete mit ihrer Lesebrille auf den leeren Stuhl.
Nachdem ich Platz genommen hatte, faltete sie ihre Hände, stierte nachdenklich aus dem Fenster, während sie die ersten Worte aussprach: „Deine Mutter und Liam kannten sich schon, da waren sie noch ganz klein. Er war zwei Jahre älter als sie. Sie sah zu ihm auf, wie zu einem Bruder. Als sie fünf Jahre alt war, waren sie unzertrennlich. In der Grundschule bekamen sie oft Ärger. Sie hielten es nicht immer für wichtig, die

Schulbank zu drücken, stattdessen sind sie heimlich Picknicken gegangen."

Sie lachte, wischte sich eine kleine Träne aus dem Augenwinkel.

„Keiner konnte sie trennen; wenn sie Hausarrest bekamen, telefonierten sie eben oder schlichen sich aus dem Haus. Liam war ihr einziger, wirklich guter Freund, wenn nicht der beste Freund, den sie hatte. Irgendwann wurden sie erwachsen. Ich weiß nicht, was dann passiert ist."

Sie schüttelte den Kopf und fuhr weiter fort: „Es waren schwierige Zeiten mit der Schafzucht. Wir hatten nicht viel Geld. Und Rachel hatte Pläne, sie wollte viel erreichen. Mit Eric, deinem Vater, war dies nun möglich. Sie wollte, dass ihr Vater stolz auf sie war. Doch er hat nie ‚Danke' zu ihr gesagt, dass sie ihm seinen Traum von der Schafzucht weiterfinanzierte, anders wäre es nicht möglich gewesen."

Es verstrich etwas Zeit.

Ich ließ das Gehörte sacken: „Kannst du mir sagen, wo ich Liam finde?"

Sie lächelte müde: „Na komm, ich fahre dich."

Etwa fünfzehn Kilometer von dem Elternhaus meiner Mutter entfernt wohnte der Mann, den ich eine Zeit lang für meinen Therapeuten gehalten hatte. Mit einem Schlag war mein Bild von diesem Mann über den Haufen geworfen worden.

Sein kleines Haus, nahe der Küste, wirkte gemütlich.

Grandma parkte in der Auffahrt, von der aus man fast in die Küche sehen konnte.

Irgendwie sah es wie ein Puppenhäuschen aus.

„Grandma, warte auf mich!"
Sie nickte wortlos, dabei zuckten ihre Mundwinkel. Vielleicht wollte sie lächeln, ihre Nervosität irgendwie überspielen.
„Ich bin gleich wieder hier."
Ich warf die Autotür hinter mir zu und marschierte die Auffahrt entlang. Die Blicke von Grandma spürte ich im Rücken. An der Haustür angelangt, dauerte es eine Weile, bis sie mir von Liam geöffnet wurde.
Sein Gesicht legte sich in Falten. Verwundung war definitiv zu erkennen.
„Kayla? Was machst du denn hier?"
„Sie haben mich ein klein wenig verarscht, richtig?"
Er lächelte verschmilzt: „Ich habe nie behauptet, ich wäre ein Arzt. Ich war nur ein Freund mit einem offenen Ohr und eben eine Empfehlung deiner Mutter."
Ich schüttelte den Kopf und musste dabei lächeln.
„Ja, das sind Sie! Ein wirklich ziemlich guter Freund."
„Bist du nur gekommen, um mich zu entlarven, oder möchtest du eine Tasse Tee oder eine Tasse Kaffee?"
„Nein." Ich schüttelte den Kopf.
„Alkohol bekommst du von mir keinen!" Er war wohl der einzige, der mit meiner Krankheit kokettierte; das war eine Eigenschaft, welche ich an ihm mochte.
„Sie sind gar nicht mal so übel."
Er grinste und zwinkerte mir zu. „Na los, komm auf eine Tasse Tee herein!"
„Nein, nein, ich kann wirklich nicht bleiben." Ich winkte ab und fügte hinzu: „Ich wollte mich bloß bedanken."
„Für was?"

„Dass Sie das für meine Mutter und mich getan haben."
Halb abwesend mit gesenktem Blick entgegnete er:
„Dafür sind Freunde doch da!"
In diesem Augenblick erspähte ich seine Frau, die gerade dabei war, Geschirr abzutrocknen. Die Frau lauschte unserem Gespräch.
Ich wusste, ich würde es jetzt beenden müssen. Ich stand nicht nur mit einem Fuß in einem fremden Haus, sondern quasi auch im Leben der Familie.
„Also dann, ich muss jetzt wieder zu meiner Mutter."
Er nickte und blickte über mich hinweg, grüßte meine Großmutter mit der Hand.
„Mach's gut, Kayla! Wir sehen uns."
„Bis dann."

Kapitel 20 – Kayla

Ihre eingefallenen Wangen, ihre dunklen Schatten unter den Augen. Es war ihre weiche Haut und ihr Geruch, der mich an meine Kindheit erinnerte, während ich meine Augen schloss und mich an sie schmiegte. Ihre letzten Tage waren echt hart, daher war es wie ein Befreiungsschlag, als an einem Dienstag, gegen 10 Uhr am Vormittag, an einem Tag, an dem die Sonne schien, ihr Herz aufhörte, zu schlagen. Ihr würde es jetzt besser gehen, versuchte ich mir einzureden. Doch die Tränen wollte nicht aufhören zu fließen. Liam, Grandma und ich waren an ihrer Seite. Jetzt nach Wochen, Monaten, wo Liam nicht von ihrer Seite gewichen war, war es für ihn an der Zeit, sie gehen zu lassen.
Es war nur das Knarren des Holzfußbodens zu hören, als er die Tür schloss und wortlos den Raum verließ.
Da lag sie, mit einem Lächeln auf den Lippen, als würde sie bloß schlafen. Ich kniete neben ihrem Bett, hielt ihre Hand. Auch Grandma ließ uns den letzten Moment.

Der Himmel war grau, der gelbe Löwenzahn war das Einzige, was an diesem Tag strahlte. Der Wind peitschte uns um die Ohren, als sie an einem Freitag zu Grabe getragen wurde.
Mein Vater hatte seine Augen auf jene Männer gerichtet, die den Sarg meiner Mutter stemmten.
Grandma stand neben mir, sie hielt meine linke Hand. Meine rechte Hand hielt Maria, sie zitterte und hielt sich das Stofftaschentuch vor ihren Mund.

Ich sah mich weiter um: Zweihundert Menschen erwiesen meiner Mutter die letzte Ehre. Ihre Kollegen und Mitarbeiter waren hier, all jene, die sie für die Art und Weise, wie sie das Unternehmen geführt hatte, schätzten.

Der Sarg, weder Rosen noch Nelken, keine der Blumen, die Trauer und Schönheit symbolisieren, schmückten ihren Sarg: Löwenzahn – ein Meer aus Löwenzahn, für jedes Lebensjahr eintausend gelbe Blumen. Er kostete nichts und war doch so wertvoll für sie.

Und dann, als sie begraben wurde, war es ganz still.

Ihr ehemals bester Freund, holte ein kleines Stück Papier aus seiner Hose. Er sah noch einmal in die Runde, lächelte und öffnete den Zettel sorgsam, räusperte sich und las vor:

Der Vorhang geht auf ...
Weil du lachst, wenn du weinst und dennoch bleibst.
Dir das Schauspiel des Lebens die letzten Kräfte raubt.
Weil du aufstehst und gehst, selbst, wenn der Wind sich dabei gegen dich dreht.
Setz ein Segel oder zwei.
Weil du kniest, vor den Scherben kniest, und dabei nicht die Haltung verlierst.
Schreibe ich hier diese Zeilen, neben mir ein Glas Wein.
Erhebe mein Glas. Für dich! Ein letztes Mal, dann muss ich gehen.
Wehmut und Hoffnung, auf dass du mich niemals vergisst!

Ich merkte nicht, was danach passierte, ich dachte nur: Salzig, Tränen schmecken salzig. Dabei versuchte ich, meine Gedanken zu kontrollieren. Doch es gelang mir nicht. Also stand ich für, ich weiß nicht, fünf, zehn, fünfzehn Minuten einfach bloß da, während die anderen Menschen die Zeremonie verließen. Ich schaute in die Augen eines Mannes, der vom Schicksal geprägt war. Auch er war für ein paar Augenblicke an Erinnerungen gefesselt und konnte sich der Trauergemeinde nicht anschließen.
Mit meinem Pullover wischte ich mir die Tränen aus dem Gesicht. Als ich bereit war, das Grab zu verlassen und wir uns langsam wieder zu unseren Wagen begaben, holte ich Liam ein.
„Liam?"
„Ja."
Er blieb stehen, drehte sich in meine Richtung.
„Meine Mutter war eine tolle Frau, nicht wahr?"
„Oh ja, das war sie!"
„Erzählst du mir von ihr, von damals?"
Er legte den Arm um mich, und ich bemerkte, wie sich sein Gesicht veränderte.
„Rachel Ford war die bemerkenswerteste Frau, die ich je kennenlernen durfte. Sie war hübsch, bildhübsch, bis zu ihrem letzten Tag. Und kreativ, witzig und auch ein wenig verrückt, aber mutig, ja, das war sie."
„Darf ich dich etwas fragen?"
Sein Lächeln war zurück.
„Hast du meine Mutter geliebt?"
„Ja, ja das habe ich. Ich habe sie geliebt, wahrhaftig und von ganzem Herzen."

Epilog

Heute jährt sich der Todestag meiner Mutter zum vierten Mal. Wie jedes Jahr kommt die ganze Familie in Irland zusammen, an einem großen Tisch: meine Großmutter, Maria, meine drei Tanten und mein Onkel, mein Vater Eric, meine kleine Halbschwester und Liam, der seine Gitarre dabei hat und einfach drauf los spielt.
Ja, dann sitzen wir da und sind eine große Familie.
Ich weiß nicht, ob uns meine Mutter sieht, ich hoffe es. Ich hoffe, dass sie sieht, was sie hinterlassen hat. Meine Mutter hat mir nicht nur ihr Unternehmen vererbt, nein, auch ihre Geschichten. Sie wurden nie veröffentlicht, aber ich besitze nun ein Stück von ihr, ein Stück, das mir keiner mehr nehmen kann. Ihre Geschichten halfen mir über ihren Tod hinweg. Sie halfen mir, sie besser zu verstehen. Egal, was wir erlebt haben, wir sind eine Familie. Manchmal verlässt uns ein Teil, ein großer und wichtiger Teil, aber dafür bekommen wir einen neuen dazu.
Ich könnte jetzt einen klugen Satz über die Liebe und das Leben von einigen berühmten Dichtern und Schriftstellern zitieren. Oder selbst darüber philosophieren, was Liebe und Leben wirklich heißt. Dabei merke ich, über diese Themen haben sich schon weitaus klügere Menschen den Kopf zerbrochen.
Jeder definiert Liebe auf seine eigene Art und Weise, ist es die Liebe zu einem Mann, einer Frau, zum Kind, seinem Haustier. Ganz egal! Ich glaube, Liebe erfordert kein logisches Denken oder Handeln. Sie ist einfach da.

Also folgt hier kein berühmtes Zitat und kein toller Kalenderspruch. Nein, ich möchte diese Geschichte mit den Worten von Liam enden lassen:
„Ich habe sie geliebt, wahrhaftig und von ganzem Herzen."
Ich schätze mal, das ist es. Punkt.
Liam würde jetzt wahrscheinlich noch in die Hände klatschen und sagen: „Geh, und mach das Beste daraus!"

Geschrieben für meine
wunderbaren Eltern.
DANKE für alles.